佐久間種と立枝子のうた

幕末小倉藩、流離の歌人

藤井悦子

花乱社

装丁　花乱社編集部

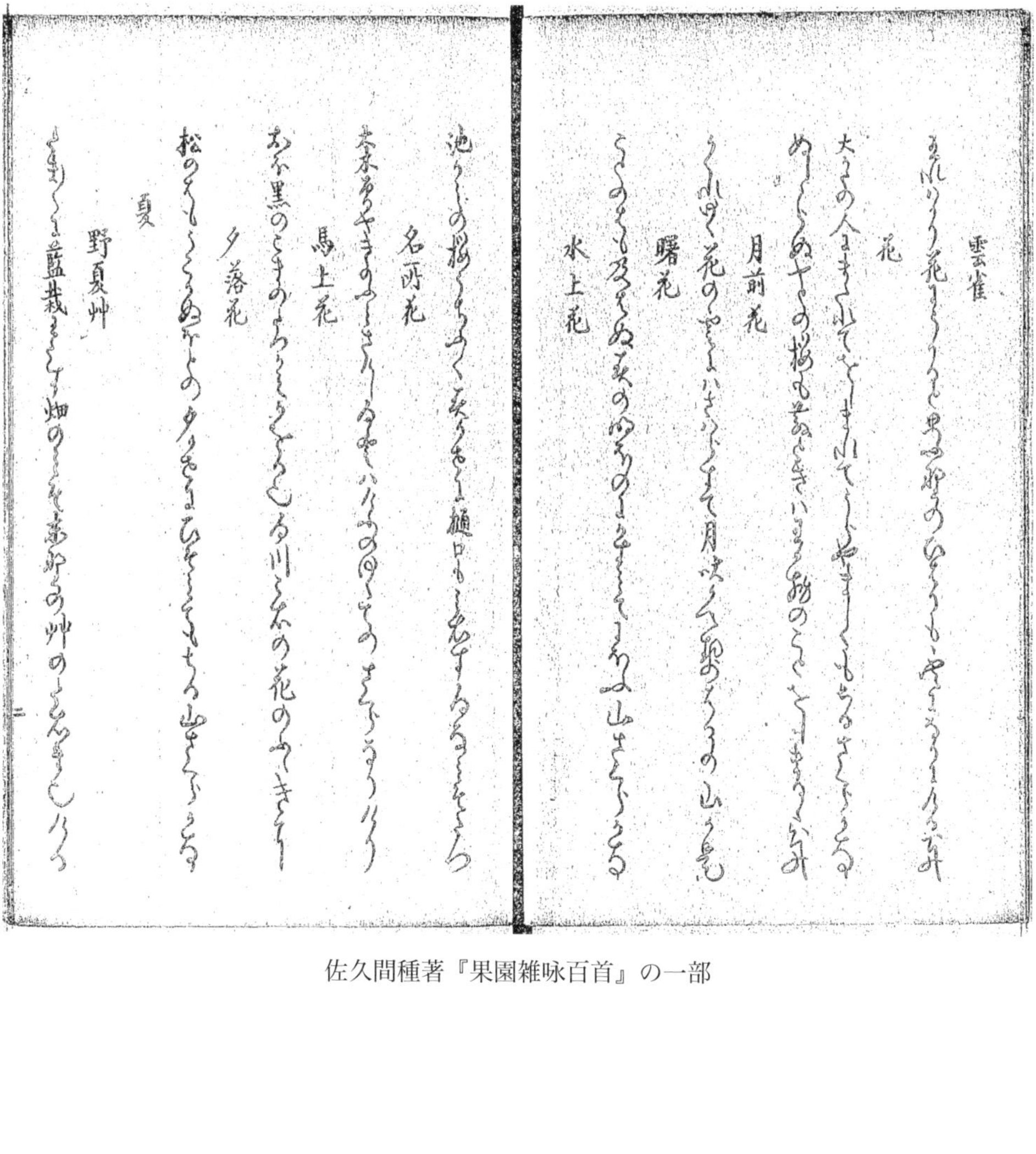

雲雀

花

月前花

曙花

水上花

名所花

馬上花

夕落花

夏

野夏艸

佐久間種著『果園雑咏百首』の一部

序

山本武弘

この度、佐久間種《さくまたね》の『果園雑咏百首』が翻刻出版される運びとなりました。国立国会図書館から公開された歌集を解読したもので、藤井さんのたゆまぬ研究の成果と心からお慶びを申し上げます。

佐久間種は元小倉藩士、国学者で歌人ですが、嘉永三（一八五〇）年に三本松（現在の豊前市八屋《はちや》教校《きょうこう》）に移り住んだとされています。宇島《うのしま》の港町が出来て二十五年になっていましたが、中津街道沿いのこの地は未だ住む人もない山間の地でした。妻立枝子《たちえこ》の「松岡邸にうつりすみて」と題する短歌があります。

天雲につらなる海をわが庭の物となしても住める庵かな

周防灘を眼下に一望に見渡す仙境であったかと思われます。一家は、周辺の町家や農家の子女に手習いや裁縫を教えたり、歌の添削や歌会を催すなどして生計をたてることになります。

しかし種は、塾を営み、和歌の指導のかたわら畑を耕すような生活は性に合わなかったようで、間もなく方々の知人を訪ね歩く放浪の旅に出るようになります。妻立枝子の危篤の知らせを受けたのも、旅先の豊後鶴崎であったとされています。

妻に先立たれた種は、文久三（一八六三）年に四人の子らと松岡邸を離れます。種六十一歳。以後は愛妻立枝子の追悼と和歌集の編纂にあけくれる日々であったかと思われます。立枝子十三回忌にあたり「廣江立枝子遺稿　呉機《くれはた》」上下二冊、そして種七十七歳、喜寿にして『果園雑咏百首』の編纂を終え、明治二十五（一八九二）年、九十歳で永眠しています。

わずか十三年の八屋在住でしたが、和歌の文化はしっかりと豊前の地に根づいていました。門人の一人に東黒土《ひがしくろつち》村などの庄屋をつとめた高橋庄兵衛がいます。その流れをくむかとも思われる「くろつち短歌会」で活躍する藤井悦子さんの手によって、佐久間種の歌集が翻刻出版されることとなったのも偶然ではないように思われます。種の和歌は研究論文などで一部は紹介されていますが、歌集として活字化されるのは初めてのことです。教校の山に眠る佐久間種の和歌が、同好の士はもとより、多くの豊前市民に親しまれることになればと願っています。

二〇二一（令和三）年一月

（近世古文書研究者）

凡　例

一、本書には、佐久間種（種次郎）著『果園《かえん》雑詠百首 全』（出版人・佐久間舜一郎、明治十二〔一八七九〕年一月刊行。国立国会図書館蔵）の全文、佐久間種が編纂・浄書した「廣江立枝子遺稿 呉機《くれはた》」上・下より百首、同じく佐久間種が編纂・浄書した「小倉六歌仙五十首和歌集」（以上、北九州市立中央図書館蔵）より各人十首ずつを抽出し、翻刻掲載した。

一、翻刻にあたっては、歌意にかかわらず各句ごとの分かち書きとした。

一、本文を読みやすくするため、振り仮名・濁点を付し、異体字などは現行の字体に改めた。

一、各歌の傍ら及び脚注として、必要に応じて簡単な注解及び語釈を施した。

一、翻刻及び校注は藤井悦子が行い、山本武弘が監修した。

幕末小倉藩
流離の歌人
佐久間種と立枝子のうた❖目次

資　料

幕末小倉藩 流離の歌人
佐久間種と立枝子のうた

果園雑咏百首　全

木の実といへば、くり柿なし橘みなうまし、うまき中におのおのおのずからひとつの味のふりありて、とりどりにその趣をそなへたり、古《こ》の果の春にあらず、春あきの花鳥のいろ音、はたおなじ事なり、果園のあるじよ、おのれいまだ逢見ぬ人なれど、小河ぬし見せられたるままに、この一巻をひらきて、そのこと葉の林に分いれば、花なるも実なるもとりどりに一ふしありて、めづらかにひとつの趣を得られたるここちす、いにしへ人まろ・赤人のひじり、つらゆき・みつねの朝臣《あそん》、また定家と隆の郷みな哥《うた》にはたへなれど、おのおのえたるふりありて、一すぢならず、近き世にはあがたいの大人《うし》さては桂園のあるじなとや、ひとふしよむ人出たりとはいふべき、今の代に哥よむといふ人、ただ古人のあとのすへをたどり、まねひてあらんはいかが口をしからさらむ、はつかなるこの百首の哥を見て、こころにいたく感ずるふしあるままに一言かいつけぬ

明治十一年五月ばかり

本居豊穎

小河ぬし＝小河一敏、種の知友
言葉の林＝詩歌・文章の数の多いことを林にたとえた
人まろ＝柿本人麻呂
赤人＝山部赤人
つらゆき＝紀貫之
みつねの朝臣＝凡河内躬恒
定家＝藤原定家
隆＝藤原家隆
ふり＝しきたり
あがたいの大人＝賀茂真淵
桂園のあるじ＝香川景樹
ひとふし＝ひとかどの
はつかなる＝わずかの
かいつけぬ＝書きつけた
本居豊穎《とよかい》＝歌人・国文学者、本居宣長の曽孫

果園雑咏百首

春

海辺年内立春

隼人《はやとも》の　めかりのゆには　さ夜ふけて　春のひかりに　なりにける哉

立春

花鳥に　又なれぬべき　うれしさを　もよほしそめて　春は来にけり

鶯

荒山の　み谷にすだつ　うぐひすの　声のにほひは　たれかをしへし

うめを折て

人にとて　をりつる梅の　香をかげば　また香はなたむ　ここちこそせね

雲雀《ひばり》

われればかり　花にうかると　思ふ野の　ひばりも空に　なりにける哉

果園＝このみその、かえん、佐久間種の号

隼人のめかりのゆには（早鞆の和布刈の斎庭）＝大晦日の夜半に行われる神事。現在は黒土神楽講の湯立て神楽が奉納される。

にほい＝匂い、情緒、余韻（においどりは鶯の異称）

うかる＝浮かる、うかれる

花
大かたの　人にまたれて　をしまれて　うらやましくも　ちるさくらかな

月前花
ぬししらぬ　やどの桜も　散ときは　わが物のごと　をしまるる哉

曙花
かくれゆく　花の雲には　さはらずて　月吹《ふき》かへせ　はるの山かぜ

水上花
ことのはも　及ばぬ春の　明ぼのに　かすみてにほふ　山ざくらかな

名所花
池がみの　桜うちふく　春かぜに　樋口もみえず　白なみぞたつ

馬上花
大木曽や　きのふみさけし　白雲は　けふのゆくての　さくらなりけり

夕落花
おほ黒の　こまのたつかみ　かをるなり　白川ごえの　花のふぶきに

松のはも　うごかぬほどの　夕かぜに　ひそみてもちる　山ざくらかな

大かた＝多くの
をしまるる＝惜しまるる
ぬししらぬ＝以前に住んでいた人を知らない

早朝の山桜は言葉にできないほど美しい。

落花が樋口にあふれている。

大木曽＝木曽の古称
みさけし＝遠くに見かけた

こまのたつかみ＝馬のたてがみ

ひそみてもちる＝静かに散っていく

夏

野夏草

くまくまに　藍栽わたす　畑のみぞ　末野の草の　たえま也ける

早苗多

大かたに　のこるまちなく　うゑはてて　田うたともしく　なりにける哉

川辺蛍

河原風　ふけどこぼれぬ　きしかげの　小すげの露は　ほたるなりけり

子規

しが母に　似たる声かな　うぐひすの　なくや四月の　山ほととぎす

人伝子規

子規　たびたびつくる　人づては　をちかへりなく　ここちこそすれ

子規両方

ほととぎす　なくや西市東いち　しなくらべする　ここちこそすれ

五月雨晴

くまくまに＝隈々に
たえま＝切れ間
末野＝野のはし
まち＝田
田うたともしく＝田植えうたも少なくなった
小すげ＝野草
しが母に似たる＝ほととぎすは鶯の巣に卵を産む習性がある。
人づて＝他人を通じて聞く
をちかへりなく＝繰り返し鳴く
しなくらべする＝声の巧拙を競いあう

さみだれの　雲にかくれて　にげたりし　うしろの山ぞ　かへり来にける

短夜

一つかね　おきしかやりの　艾《よもぎ》さへ　もえだにはてず　夜はあけにけり

なでしこ

肝つよく　荒野のするゑに　おかましや　手折《たお》りていなむ　なでしこの花

泉忘夏

忽《たちまち》に　暑さはあらず　なりにけり　むすぶしみづの　滴ばかりも

海辺納涼

明日もこむ　このいそかげの　みるぶさを　かりそめならぬ　風の涼しさ

夏市

露ながら　深野のさゆり　になひ来て　売る声すずし　市の朝かぜ

秋

旅泊秋来

浪速風《なにわかぜ》　あしにそよぎて　舟屋形　すずしくなりぬ　秋たつらしも

にげたりし＝見えなくなった

一つかね＝一つかみ

肝つよく＝勢い強い
いなむ＝帰ろう

むすぶしみづ＝両手にすくう清水

いそかげ＝磯陰
みるぶさ＝海松房

露ながら＝露の多い中を
さゆり＝山ゆり

あしに＝葦に

田家早秋

山ざとは　畑の瓜つる　ひきやりて　そばまくときに　なりにけるかな
　長門の国黒江の原にて
大海はら　碧浪はれて　みなと田の　わせのほ白し　あきのはつ風
　七夕
たなばたの　逢夜の空の　睦言《むつごと》は　ことひの牛や　ひとりきくらむ
　野外萩
しめし野の　夕べのさ霧　朝の露　萩さくころは　わけゐ日もなし
　海辺霧
もろこしに　つづける海の　霧のうちに　おぼつかなしや　あまのよび声
　月
思ふ事　そらにもみゆる　ここちして　むかひくるしき　秋の夜の月
　停午月
走り出の　一もとをばな　かげもなし　いまこそ月の　さかりなりけれ
　野月
こがねもて　価究《あたい》めむ　光りかは　小萩さく野の　あきの夜の月

ひきやりて＝引き上げる
長門＝山口県
わせのほ＝早稲の穂
ことひの牛＝元気な強い牛、特牛（こって牛）
しめし＝夏のこと
もろこし＝唐土
あま＝海人
走り出の＝門口
をばな＝すすき

山家月
さればこそ　世をいさぎよく　遁《のが》れつれ　檜《ひ》はらがおくの　秋の夜の月

山家住まいの月を愛でる。

旅宿月
狼の　さけびし声に　ねざむれば　草のまくらに　月ふけにけり

小倉戦争の時に詠んでいる。
ねざむれば＝寝覚むれば

寄月述懐
陰りても　晴ても人に　しのばれて　うらやましきは　あきの夜の月

染夜打衣
月かげも　ふけゆく里の　さ夜きぬた　ねむたき声に　なりにける哉

さ夜きぬた＝夜なべに衣を石の台で叩いて、やわらかくする

秋夕
かひすてし　ことひの牛の　かえらむと　なくや野ずゑの　秋のゆふぐれ

かひすてし＝放牧の牛

初紅葉
山姫の　こころたくみも　おおみえて　先《まず》めづらしき　薄もみぢ哉

山姫＝山の女神
こころたくみ＝心匠み
おおみえて＝大見得て

蔦《つた》
のぼりても　あかぬ心の　末つひに　松よりあまる　つたのもみぢ葉

あかぬ心＝満足しない心

山秋風
夕月は　ふもとの霧に　いりはてて　峰のひはらに　秋かぜぞふく

ひはら＝檜はら

田秋風

み年ある　籾《もみ》はあやさで　そよそよと　生田の野田に　秋風ぞふく

冬

時雨

山里の　もみほしむしろ　しけばふり　まけば晴ゆく　むらしぐれかな

夜時雨

はらはらと　柀の板屋に　おとづれて　とりしまりなく　ふるしぐれかな

おち椎と　夜すがら聞し　朝庭の　ぬれたるみれば　しぐれなりけり

落葉有興

市人が　うるやまがりの　数そへて　栽木《うえき》のおちば　ちりもこそくれ

寒草

小沼田の　氷のしたに　色みえて　春まつ草も　あればありけり

霜

夜あらしに　散かとばかり　みし星の　ひかりやけさの　霜となりけむ

み年＝稲の実りの良いこと
あやさで＝こぼさず

しけば＝（敷けば）広げる
まけば＝（巻けば）畳む
板屋＝板屋根
とりしまりなく＝締まりなく
おち椎＝椎の実

色みえて＝草の芽立ち
氷の下ではすでに春が来ている。

川千鳥

夕かぜの　さそふ川原の　くぐらばに　みだれあひても　なくちどりかな

初雪

ゆふ鳶《とび》の　なくね寒けき　北かぜに　おとづれそめて　ゆきはふりきぬ

雪

ちるは花　つもるは月の　ここちして　あかぬかたなき　雪のあけぼの

風前雪

山かぜの　あらさもみえて　大松の　片身ばかりに　つもる雪かな

つもりぬと　みればはらひて　松風は　雪の花にも　つれなかりけり

夜雪

妹《いも》がりの　道につれなく　みつる世も　ありけるものを　夜はの白ゆき

屋上雪

くだくるは　軒ばの瓦　夜半の曽《そ》まやのあまりの　雪のしづれに

網代

ひをのみと　思ふあじろの　布にまた　かかるも寒し　ありあけのつき

くぐらば＝潜ら場

おとづれそめて＝初めての雪

あかぬかたなき＝見ていても飽きない

片身ばかり＝片側ばかり

雪の花＝雪を花に見立てた

妹がりの＝妹・妻のもと
つれなくみつる世＝ままならないことが多い世

くだくるは＝こわれる
曽まや＝粗末な家
しづれに＝落ちる

ひを＝氷魚
あじろの布＝網代模様の布

雪中歳暮

のどかなる　春をもまたず　雪も夜に　などかはとしの　くれてゆくらむ

などかは＝どうしてか

送年

いつしかと　又ことしにも　わかるなり　おもての老《おい》を　かたみにはして

かたみにはして＝お互いに

冬海

海はらや　ふればきえぬと　みし雪を　あつめてよする　いそのしき波

しき波＝しきりに打ち寄せる波

恋

言出恋

いひそむる　むねとどろきは　狼の　尾をふむよりも　くるしかりけり

いひそむる＝初めて言葉をかける

待恋

蛛のいに　かからざりせば　鳥がねを　共になきては　あかさざらまし

蛛のい＝くもの糸

深夜待恋

今はとて　つげの枕は　とりしかと　なほうらめしき　とりの声かな

とりの声＝朝を告げる声

夢中逢恋

逢増恋

うちとけて　逢とみえつる　まさしさに　さめし現《うつつ》ぞ　うたがわれぬる

思二世恋

一しづく　かかりし露の　情より　人をおもひそ　おきどころなき

恋憂喜

のちの世も　迷はばともに　迷ひなむ　恋ぢのやみの　晴すながらに

ことさらに　相思はれし　うれしさは　世をせばめぬる　はじめ也けり

恋衣

夢にだに　みゆやとかへす　かひなくて　よるの衣も　うらめしきかな

寄鏡恋

恋やせて　むかふかがみの　うちつけに　かげさへものを　おもひける哉

寄夢恋

なかなかに　みればわするる　ひまもなし　今は夢さへ　つれなからなむ

まさしさに＝たしかに、本当に

恋ぢのやみ＝恋したら情に苦しんで、物事の区別も分からぬこと

世をせばめぬる＝世を狭くする、苦しめる

みゆや＝来るだろう

かえす＝衣を裏返しにすると恋人が来るという

かげさへ＝鏡の中の姿

うちつけに＝突然に

なかなかに＝なまなか、なまじい

雑

雲

幻の　あとなく空に　きえにけり　雲のくしみね　ただくづれして

雲のくし＝雲の不思議

夕

うき迷ふ　雲さへ山に　かへりゆく　夕べはいつも　物ぞかなしき

夕べの雲の動きを見て物思う。

水

うきなして　にごるはしより　すずやかに　すめるぞ水の　こころなるらむ

奈良山の子の手柏のふたおもてにかにもかくにも佞人のとも（万葉集三八三六）

佞人

天地の　神のこころに　そむくとも　しらでや人の　ふたおもてなる

佞人＝ねじけびと
天地＝あめつち
ふたおもて＝両面

伯瑜《はくゆ》

身をくだく　しもと《むち》の下に　ねを泣て　いのるはおやの　千年なりけり

伯瑜＝年長者
千年＝長い年月
ねを泣く＝声をあげて泣く

猫

おのが尾の　うごくをみても　猫の子の　たはるるみれば　幼なかりけり

たはるる＝たわむれる

間

立まよふ　朝夕雲の　なかにして　うごかぬ山も　ある世なりけり
曲
人心　楡のひこ枝の　すへはしも　まかりゆく世と　なりにけるかな
安
なごりなく　浮世の事を　思ひすてて　こころ安くも　なりにける哉
生
あれしより　つひの世までの　年月を　思へばひさし　ゆけばほどなし
蟹の画
正しさを　いつはる人に　ならはしと　よこはしりゆく　かにもありけり
長根歌のこころを
引わけし　形見のかざし　あはすべき　よすがなき世と　なりにける哉
菜根談に心無物欲即是秋空霽海といへる心を
晴わたる　海のみどりの　すずやかに　なをまほしきは　こころ也けり
松岡に住けるころ病のひまに庭逍遙して
たえまなき　風のかよひぢ　あとみえて　松葉の庭と　なりにける哉

うごかぬ山＝世の中の動きに動じぬこころ
楡のひこ枝＝多くの人々
まかりゆく＝曲がりゆく
なごりなく＝思いを残すことはない
あれし＝生れし
つひの世＝終の世
ならはしと＝習はしと
かざし＝髪に飾るもの
よすが＝縁、たより
菜根談＝儒教の思想を基とした処世哲学書
霽＝はれ
まほしき＝願望
松岡（山）＝八屋三本松
逍遙＝散歩

後藤眞守にしめしける

丈夫は　柳にそよぐ　春かぜの　のどけきさまを　心とやせむ

立枝子が七年の忌日に

七年の　むかしのその日　めぐりきて　今別れたる　ここちこそすれ

海を見て

満ては干　ひてはみちぬる　しほすらも　うたて忙き　世にこそありけれ

思ふ事ありて

ひとりその　人のつらさに　なしはてて　われはならはし　人のつらさに

人のつれなかりけるころ

●りおる●かへゆふのそれよりも　うすきは人の　こころなりけり

感思

うき事に　ならへる身とて　みもしらぬ　人のうへさへ　かなしかりけり

述懐

をしからぬ　蓬《よもぎ》がもとの　露の身も　とくきえよとは　おもはざりけり

愚なる　わが実より　いくたびか　世のいつはりに　あざむかれけむ

海山の　あせもなびきも　せざる世に　くえしは人の　こころなりけり

丈夫＝ますらお、立派な男子
立枝子（妻）＝一八六一年病没、豊前八屋・松岡山にて
うたて＝転て、ますます
忙き＝せわしい
●＝読めず
うき事＝苦しいこと、つらいこと
露の身＝はかない命
わが実＝わが身
くえし＝くずれる

丈夫《ますらお》と　生れしかひぞ　なからまし　国にいそしき　名をしたてずば
大かたに　思ひのとめて　片ときも　あられむ世かは　丈夫のとも

冬述懐

浮あそぶ　いけのあしがも　うへやすく　みゆればみゆる　人の世のなか

事ありけるころ寄春雨述懐

たたかひの　にはの鬼火や　もえなまし　さも静かなる　夜半のはる雨

寄国祝

仮名《かな》をさへ　うつしならひて　外《と》つ国《くに》も　やまと手ぶりに　なりにける哉

寄山祝

足引の　山はくえても　なびきても　わが大君の　み世はうごかじ

寄弓祝

のり弓や　わしとたかとの　争ひは　事なきみ世の　すさみ也けり

右りは、天方松旭が四時恋雑各五十首づつ通計三百首かきぬきて得させよと乞ままに、短歌十一稿までの中千首かきぬきおけるが中より、三百首抜粋

いそしき＝勤勉

あしがも＝葦の中の鴨

種は小倉戦争に参戦している。

やまと手ぶり＝日本の習わし

足引の＝山にかかる枕詞
くえても＝崩れても

のり弓＝かけ弓
すさみ＝気の向くままに

してつかはしけるを、又其中より百首拾ひ出て一敏小河大人《うし》に東京におくりまたしける也（こはさきつとし小河大人の祖母君茂子とじの歌集一とぢめぐみ玉ひけるよろこびにとてなり）、さて小河大人本居豊穎翁のはしがきを乞得て、おこせられけるかいひしらずうれしくてやがてひかへ巻にとぢそへて、児頼雄につかはしけるに、かくてはいとさうさうしければ、長歌十首書そへてよとこふによりて、長歌六稿まで二千首あるが中より四百首抄出し、其中より十首かきぬきてあたへたる事、左のごとし

明治十一年十二月　　果園のあるじ　たね

一敏小河大人＝種の知友（小河一敏）
またし（遣し）＝参だしの約
とじ＝刀自。年輩の女性に敬意をこめて呼ぶ
はしがき＝序文
さうさうし＝（サクサクシの転）物足りない、ものさみしい
こふ＝乞う
たね＝佐久間種

果園長歌十首

咏間居花長歌並短歌

事とらむ　さとりしなけば　みやづかへ　はやく退きて　里遠く　のがれつるより　松のはに　かきうもれても　すめる身の　こころやすさよかくて世に　待事とては　子規《ほととぎす》　月のまさかり　はつみ霧　わきて春へはわが岡に　生並《おいなみ》たてる　山桜　あまたしあれば　その花の　霞《かすみ》ににほふ暁のあはれをみむと　日をよみて　在ふるほどに　降雨のぬるみてふれば吹風の　なごみてふけば　いつしかと　ほころびそめて　つぎつぎにさきと咲つつ　こちこちに　にほへる時は　かたぶける　竹の柱もちりほへる　こものたたみも　なにならず　のどけき世なり　かかりやと柴のくぐら戸を　まれにだに　叩く人なみ膝のへに　つどへるものははしき児ら　手なれの硯　かみや紙　うすけど厚き　大君の

八屋三本松の住まいにて。

事とらむ　さとりしなけば＝事を行う思いがない

月のまさかり＝満月
はつみ＝正月初の巳の日
わが岡＝松岡山

ぬるみて＝温かく

なごみて＝穏やかに

こちこちに＝こちらへ、こちらへ。あちこち、そちこちに

こものたたみ＝菰の畳
くぐら戸＝小さな入り

はしき児＝愛らしい子

みたまのふゆと　相ゑみて　こと思ひしつつ　くしろこそ
のますはあれど　このめこそ　煎すはあれども　日並べてこころはゆきぬ
かくれがの　軒ばの花の　ちらぬ限りは

反歌

ささをまち　薬をたのみて　長き日を　あかぬは花の　あそびなりけり

咏籠鶯長歌並短歌＊

汝《な》が園の　竹のふしどに　しが門の　梅のねぐらに　となみはり
とろちたれおき　とらへ得し　くし鶯を　眞白玉　こがね白がね
かざらへる　籠《こ》にかひおきて　根芹《ねぜり》つみ小鮒《こぶな》やきもち　つくりたる
餌らとりあたへ　うるはしき　なりさへづりを　もろ人の
めでとめづればみづからも　をしとをしつつ　明たてば　軒にとりかけ
くれゆけば　箱にをさめて　ありとある　物よりことに　ひめもたる
くし鶯は　かの谷の　古巣か思ふ　かの野べの　花をかしたふ　鶯の
こころに思はく　ささやけき　われにはあれど　つまやなき

みたまのふゆ＝神の恩恵
くしろ＝農具などの枕詞
のます＝祈り
このめ＝好み
日並べて＝日を重ねて
ささ＝酒

＊籠に飼わるる鶯を詠む。
ふしど＝寝床
となみ＝鳥網
とろち＝食物
くし＝奇し
根芹・小鮒やきもち＝所の人々が作った食物であろう
うるはしきなりさへづりを＝歌も多くうたい、もろ人との交わりもあった
をしとをしつつ＝押し通しつつ
明たてば＝朝になれば
くれゆけば＝夕方になれば
ひめもたる＝枕詞
ささやけき＝少し

子らやあらざる　つまをこひ　子らをしぬべば　うまき餌も
旨くはをさず　よけきこも　よけくはをらず　所せき　こをぬけいでて
よもやもに　はふき遊ばな　犯す事　つゆもあらぬを　いかなれば
とらはれぬらむ　きためつつ　こむる人やの　つみ人のこと

反歌

鶯を　こにかふ人の　めぐしきを　ひとやにいれて　われこころみむ

八月十五夜濱《はま》の宮にて月をみる長歌みじか歌

時も時　所も所　名におへる　芋の葉月の　望《もち》の夜を　かきかすまへて
三つ松の　はまのみやなる　八束穂《やつかほ》の　生《いく》の田あぜか　家にしも
やどりしたれば　細鉾《ほそぼこ》千里にかよふ　海ばらの　月みてましと　愛《はし》きやし
宿のあるじに　味村の　いざ《訪》なはれつつ　しき波の　よする浜べに
すがむしろ　いしきつらなへ　玉垂の　小瓶のこのめ　相すすり
相むかひゐて　大空を　振放《ふりさけ》みれば　昼のまの　こころにあまた
かかりつる　雨けうせゆき　むら雲の　なごりはあれど　松が枝に

つまやなき子らやあらざる＝夫も子も亡くした
しぬべば＝偲べば
よけくは＝良いことは
はふき＝はばたき
きため＝罰する
めぐしき＝かわいい、かわいそう
ひとや＝牢屋
濱の宮＝椎田の浜宮
芋の葉月＝八月
望の夜＝満月
八束穂＝よく実った
細鉾千里＝大麦畑の広がりのような
味村の＝通うにかかる枕詞
しき波＝よせてくる波
すがむしろ＝菅莚
いしき＝座席
雨けうせ＝雨の気配がなくなる

夜北そよぎて　吹はらひ　はらひ清むれ　いやて《照》りに　照そふひかり
いやす《澄》みに　すみゆくかげ《光》の　さやけしと　さやけきまにま　れつ鳥の
相よぶ聞え　釣舟のいさよふみえて　おもしろき　この夜のさまぞ
こそよりは　豊浦の海の　あら波に　おびえたりしを　しまらくの
風のとだえに　しづこころ　あらくうれしみ　こよひしも　浮世の塵の
いささかも　さわがぬ夜はの　言たえて　おだしき月を　かくばかり
まかせてみるは　玉匣　ふたたびうべき　さち《幸》かはと　うちほほゑまれ
あたら夜の　ふ《更》くるもしらにあそびつるかも

反歌

三つ松の　はま松が枝《え》は　をぐらくて　千重《ちへ》なみあかし　秋の夜の月

詠旅中雪長歌並短歌

は《愛》しきやし　妹《妻》の命しながらへて　いまさましかば　め《愛》ぐし子を
は《育》ぐくましめて　走りゐの　ゆき《雪》のすすみに　われはもよ　旅ゆきとほり
粒まき　たから覚《かぞ》えて　はろばろと　かへりくべきを　母なしの

夜北＝北風
いや＝ますます、いよいよ
れつ鳥＝空を列に飛ぶ鳥
豊浦の海＝山口の日本海側
しまらくの＝しばらくの古語
いささかも＝少しも
玉匣＝たまくしげの枕詞
ふくるもしらに＝夜の更けるまで
三つ松の＝松の多い所
はしきやし＝愛おしい
走りゐの＝ゆきにかかる接頭語
粒まき＝つぶらまき

わが子いとほし　旅にわが　出つるあとは　いかにして　兄弟四人《はらから》
日をくらし　夜をば明すと　明たてば雲ゐを望み　くれゆけば
ねやにいりゐて　薪《たきぎ》にも　炭にもあらぬ　胸をこそ　焦《こが》しとこがせ
しかしつつ　日をふるほどに　咲花の　香春根おろし　白栲《しろたえ》の　衣手とほし
あさもよし　清瀬のせのと　耳さらむく　たきつときけば　あもり《天降り》つく
日子のたかねは　白山と　かはりたたせり　此里も　やがてすそ野ぞ
其砕け　ゆめなちらしと　そをねがふ空　こひのむ《乞い祈む》空に　わらふだの
大きさなして　ひらひらと　雪は降来ぬ　たたずみて　みるまさかりに
をちこちの　里をあまたに　野も山も　おつるくまなく　白がねと
かがやきわたり　ゆふ花を　よそ《装》へるなせり　日ならべて
かくしもつま《夫》は　玉鉾の道絶はてて　ちちゆをち　ゆか《行》むすべなく
家とふも　まかせえずして　中空に　ねなき足すり　立てゐて
なげきかせまし　いちはやく　この雲はれて　すみやかに　この雪きえよ
さてこそは　旅の思ひの　細桙　ちへのひとへも　安からましか

香春根おろし＝香春岳《かわらだけ》から吹く風
あさもよし＝枕詞
あもりつく＝日子のたかねにかかる枕詞
日子のたかね＝英彦山《ひこさん》
わらふだ＝わろうだ、藁で作った円座
まさかりに＝最中に
ゆふ花＝木綿
日ならべて＝日を重ねて
玉鉾＝道にかかる枕詞
ちちゆをち＝のろのろ、ぐずぐず
細桙＝枕詞

反歌

ふる雪の　このおもむきを　けたましや　めで子思ひに　むねしもえすは

詠心長歌並短歌

花のごと　にほへる面《おも》わ　月のごと　さやけきまみも　うつしみる
くしげの鏡　くもりなば　いかでわくべき　現身《うつしみ》の　人のしわざの
よしあしを　写すかがみは　肝向ふ　心ならずや　その心
をぐらかりせば　いかにして　よしあし知らむ　そのこころ
くらます物は　欲《ほ》りすとふ　あやしきものの　梅の実の　吸ふと吹くとの
いきのまも　やすらはずして　つぶつぶと　わくや泉の　さながらに
いて来ぬれこそ　やへやへに　沫立雲《あわたつ》の　それなして　おこりくれこそ
まそ鏡　清き心も　夕やみと　をぐらくはなれ　其くらき　己がこころを
大館《おおだて》の　中つ柱と　おし立てて　事はかるゆゑ　葦蟹《あしがに》の　よこ走りゆき
楡《にれ》の枝の　ゆがみ曲らひ　墨なはの　正しき道は　ゆめふます
なりぬる事ぞ　人の道　ふますしあれば　鳥しもの　獣しものと

おもむき＝心の動き
けたましや＝大げさである
めで子＝愛で子

花のごとにほへる面わ＝花のように美しい顔
まみ＝まなざし
人のしわざ＝人の行い
くしげ＝化粧具を入れる箱
肝向ふ＝精神、気力
知らむ＝知ることができよう
くらます＝暗くする
つぶつぶと＝ふつふつと、どきどき、枕詞
やへやへに＝八重八重に
まそ鏡＝真澄鏡
葦蟹＝水辺に棲む蟹
墨なはの＝正しき道にかかる
人の道＝正しい道

をよびさし　しりうたたれて　おもちちの　形見といつく　愛《は》しき身を
芩《くさき》とうつて　をしき身を　浮泥《ふでい》にはむる　ひとしなみ　おなじといはむ
そこをしも　思ひさとりて　欲《ほ》りすとふ　あやしき物を　いささかも
おこさじゆめと　手力《たぢから》の　ありのかぎりに　おし忍び　ひたすまひつつ
いそはきと　いそはきたらば　村肝《むらぎも》の　こころの鏡　くもる時
けがるる日なく　公《おおやけ》の　正しき道を　うつなくも　ふみはたがへじ
ふみはひかめし

反歌

ほりすとふ　きたなきこころ　なくてこそ　おやにつかへめ
君につかへめ

咏衣長歌並短歌

玉手箱　二つの月ゆ　桑子《くわこ》かひ　眉《まゆ》つくらせて　繁釧《しげくしろ》　四つの月まち
いとにしも　へてかせにして　五百機《いおはた》の　千機におらせ　白栲《しろたえ》を
染再にやり　八千種《やちくさ》の　色にそめなし　あやめするゑ　裁《たち》てぬはせて

おもちち＝父母
いつく＝大事にする
ひとしなみ＝同等に
欲りすとふ＝望む

いそはき＝勤めはげむ
村肝の＝こころにかかる枕詞
うつなし＝疑いない、確かである
ふみはたがへじ＝踏みは違えじ
ふみはひかめし＝ゆがんでみない
ほりすとふ＝望む、欲する
きたなき心＝正しくない心
つかへめ＝つかえよう
玉手箱＝大切なもの
二つの月＝二か月間
繁釧＝枕詞
五百機＝沢山の機
八千種＝多くの色染
あやめ＝織女

母こふる　小袖とひをる　あさもよし　木曽の麻布　たぎ《激》ちゆく
河内の木綿も　荒栲と　おり《織》てたちきる　それまでの　人の功の　手力《たぢから》の
かかれる事は　いくはくと　思ひかしれる　そこ思《も》へば　一すぢの糸
ここ思へば　一寸のさきて　それをしも　などおろそかに　思ひすて
とりあつかはむ　さてもその　衣のめぐみを　つらつらに
かがなへみへし　尊きは　みさたの禮の　しなごとに　よそ《装》ひかさ《飾》らひ
朝庭に　いかく立ちまし　賤《いやし》きは　小田《おだ》つくらす子　舟さす子
しほ《汐》くます海人《あま》　山児《やまがつ》の　ありの悉《ことごと》　あつ《熱》さには　かろ《軽》けき単《ひとえ》
さむ《寒》さには　おも《重》き綿つき　とりどりに　はだ《肌》へをかくし　ほどほどに
世をこそわたれ　此きぬの　なからましかば　犬のごと　毛やおひ《生》なまし
かけのこと　羽やおひなまし　うろこおび　よろひおひまし　しかならば
蛇蝦蟆《だかがま》如て　はひ《這》ありき　飛ありかまし　なりあまり　なりあはぬ所
さながらに　かく《隠》しもやらず　あるらくは　いかにかあらむ　千万の
物にすぐれて　くしひ《奇》なる　ものは人ぞと　たたはしく　汝が道ゆくも
此衣の　まけあるからそ　真つぶさに　わきまへぬべし　あはれ世の人

あさもよし＝き、紀城にかかる枕詞
たぎちゆく＝川、河にかかる枕詞
栲＝かじの木の布
功＝手柄
一すじの糸＝一途に
一寸のさき＝短い距離
かがなへみへし＝日数を重ねて
よそひかさらひ＝飾り立てる
いかく＝異客
賤きは＝身分の低い者は
かろけき＝軽い
かけ＝にわとり
なりあまり＝出来上がっている、余分
なりあはぬ＝足りない
くしひなる＝霊妙の力をもつ
たたはしく＝たくましい
まけある＝用意した
あはれ＝感動詞

反歌

はだか《裸》なる　むし《虫》のつら《面》にや　いやしけむ　このさごろも《衣》の
なからましかば

瀧原潜が衣をめぐみけるよろこびによみてつかはしける
長歌ならびにみじか歌

赤玉を　あさりや得むと　足引《あしびき》の　山ゆきめぐり　白玉《真珠》を
かづきやうると　勇魚《いさな》とり　海うちわたり　をちこちに　覓《もとめ》通れども
山幸も　神がゆるさぬ　海さちも　人がさはれる　むな手《素手》にて
かへるすべなみ　瀧原の　わがせ《背》の君を　大舟の　思ひたのみて
いかにかも　してはよけむと　事はかり　言あつらへぬ　狛剣《こまつるぎ》
わがせの君は　もろ人の　うき世に立つを　波の青の　よそにはきかす
山がつが　とるやましば《山柴》の　重荷をも　われとおはして　いたつかす
性《さが》にしませば　はふれたる　わがうへをしも　まがなしと　思ひあわれみ

身を包むこの衣があってこそ仮にも人としての尊厳があることだろう。

足引の＝山にかかる掛詞
かづき＝潜き
勇魚＝くじらの古称
覓＝もとめ、求め
むな手＝空手、徒手
すべなみ＝術なし
狛剣＝わにかかる枕詞
うき世に立つ＝世渡りをする
山がつ＝山児
いたつく＝骨折る
はふれる＝亡くなる
まがなし＝真に悲しい

東に西に　はしりて思ふどち　かきかたらはし　いた《至》りなき
わがまなひ子と　味村の　いざな《誘》ひつれて　はふつくの　まつろはせれば
竺紫　恭表たる人も　ややややに　いてき《出来》ぬるかも　かくてこそ
ひそめしまゆも　春花の　ひら《開》けばしづれ　それのみも　身にあまれりと
思ひつつ　ありけるものを　いつしかと　月日へゆきて　旅衣
やつれそはれと　脱かえむ　かは《替》りも持たず　そこをしも
おぼしくれたみ　わがせこ《背子》が　名妹《ないも》の君に　こと教へさとし玉へば
はしきやし　妹《いも》の命も　こつこころ　たがひ玉はず　いほ《五百》機たて
お《織》れるそのたへ　うれしさを　つつ《包》まむためと　そで広く　袂ゆたかに
裁《たち》ぬひて　めぐ《恵》み玉へり　著せがてに　歎ける吾妹　いかばかり
鳥ならなくに　とび立ちて　ゑみよろこばむ　さもこそと　思へばうれし
然れども　引かさねても　かがふれる　息頼を　いかにして
われは報いむ　いかにとも　いはくにしらに　朝霧の　み霧のお《多》ほに
まどふばかりぞ

反歌

思ふどち＝気の合った同志
いたりなき＝未熟な
味村の＝通う／賑やかにかかる枕詞
はふつくの＝顔つき
まつろふ＝従える
ややややに＝しばらくして
やつれそわれ＝やつれの目立つ
おぼし＝思し
はしきやし＝愛おしい
こつこころ＝急な
たへ＝衣
著＝着
息頼＝頼雄（二男舜一郎）
かがふる（被る）＝身に受ける
いはくにしらに＝わけを知らずに

うれしさに　こともわすれて　まどふなり　朝霧のこと　ゆふぎりのこと
世にかけて　わすれぬのみを　ゐやじりと　おもふはあかず
いかにしてまし

留別佐佐木景衡長歌並短歌

足引の　山のをのへに　雲こそは　絶ずたなびけ　其雲の
たえせぬがごと　玉だすき　かけてしぬばな　勇魚《いさな》取り　海のおきへに
波こそは　まなくたち立て　其波の　まなきがごとく　紐かがみ
かけて望まな　山へなり　海へなりても　睦魂《むつだま》の　あひたる友の
いれひもの　へだてぬわが世　いつしかと　まつらむものを　ひたぶるに
わが恋ふらくを　やへ雲の　遠にはあれど　千へ波の　よそにはあれど
わがせこが　家をる里を　その雲の　向伏あたり　その山の
なびけるくもと　振放て　みつつかをらむ　時に日に食に

反歌

いほへなみ　やへたな雲の　そきへこそ　君があたりと　み《見》つつしぬばめ

ゐ（い）やじり＝礼物
心にかけていつもお礼の気持ちを忘れぬようにすることでは不十分であろうか。

足引の＝枕詞
をのへ＝山頂
たえせぬ＝尽きない
玉だすき＝かくにかかる枕詞
勇魚＝鯨の古称
まなく＝絶え間がない
紐かがみ＝地名にかかる枕詞
睦魂＝むつ玉、にぎたま
いれひもの＝枕詞
千へ波＝たくさん押し寄せてくる波

いほへなみ＝五百波
やへたな雲＝八重棚雲
そきへ＝遠く離れた所

頼雄が東京に遊学するを送る長歌並に短歌

思ふには　任せぬ世とて　愛《はし》きやし　祖父の命は過《あやま》ちて　家うしなはし
ちちの実《み》の　父の命はそをなげき　そをうれたまし　一たび《度》は
家興さむと　馬をはせ《馳》　桙《ほこ》とりつかひ　太刀撃の　技の悉　大かたの
世にぬけ出て　事とあらむ　時はかならず　家国に　力竭《つく》して　しる所
新にたびて　祖《おや》の名を　きよめてましと　ひたぶるに　いそはりしくも
水沫とし　消うせ《失》ましぬれ　いは《言》むすべ　せむすべしらに　己れたね《種》
愚《おろか》なれども　物部《もののべ》の　臣《おみ》のをと子と　人数に　かすまへられて　空かぞふ
大き功を　槙柱《まきばしら》　ふとく押たて　ちちの実の　父の命の　遂まさず
なりぬるすぢを　いかでいかで　事なしをへて　かたかたの
みたま《魂》なだめて　憤る　胸やすめむと　いのる《祈》かひ　思ふかひなく
海月《くらげ》なす　骨しあらねば　蚯蚓《みみず》なす　力しなけば一事も　なしは得ずして
六十まり　八年の老の　面《おも》なしや　足なえ馬と　降つもる　雪の下草
うづもれて　世をばつくさむ　ししくしろ　四人の子らを　みながらに
家の名のらせ《告》　門ひろく　さかえゆかしめ　青淵《あおぶち》に　ひそめる龍の天翔る

祖父の命＝祖父の一生
うれたまし＝憂い悲しむ
力竭して＝努力して
しる所＝領地
たびて（賜びて）＝いただく
いそはりしくも＝懸命に
いはむすべ＝方法がない
せむすべしら＝手だてを知らない
かすまへられて＝数えられて
空かぞふ＝空しい
槙柱＝太にかかる枕詞
ちちの実の＝枕詞
なりぬるすぢを＝一続きの関係
かたかたの＝いろいろの
六十まり＝六十余り（六十八歳＝作者種）
面なしや＝面目ない
ししくしろ＝「かけ」にかかる枕詞

時またせむと　ゆふ《木綿》だすき　かけつる事も　秕《しいな》なす　空しくなりて
おのもおのも　ひと《人》の氏をら　樛《つが》の木の　つく世となりて　橿《かし》の実の
いまし独ぞ　家の名を　桑子《くわこ》の糸の　はつかにも　かけとめをるを
もろより《撚》に　力あはせて　事はかり　事おこさむと　思ふ空
やすくもあらず　ゆらのとを　おふ舟人の　楫《かじ》たえて　たゆたふごとく
世をわたる　たつき《方便》をなみと　賖《おぎの》りし　家またうり《売》て　東の　京にゆきて
文学び　まなひ《学》うかべ《浮》て　なみなみの　列をぬけいで　いささかの
名しろ得たらば　醜翁《しこおきな》　われにつかへて　老らくを　養ふすべも
今にほふ　軒ばの花の　なしとのみ　あにいは《言》ましや　事もなく
事なく在まで　三年をば　すぐさす来むと　いふ事の　雄々しく
はしく聞く事の　よけくうれしく　梓弓《あずさゆみ》　いな《否》とはいは《言》ず　よくゆきて
よくかへりこよ　海わたり　山ふみこえて　白雲の　やへ《八重》たつよそに
さかりをる　日月のきはみ　昼夜おちず　怠るまなく　向股に
錘をおしたて　うつばりに　縄を引かけ　細桙　千仭の底の　しづく玉
そきはくかづき　うなに手に　とりかさらひて　今のこと　あはむ其日を
いつしかと　待つつあらむ　ゆめわれに　心なおきそ　千万の

ゆふだすき＝枕詞
秕なす＝実のない籾
樛の木の＝枕詞
橿の実の＝ひとりにかかる枕詞
桑子＝蚕のこと
もろより＝二本の片撚糸を合わせて作った糸
ゆらのと＝歌まくら、紀淡海峡のこと
楫たえて＝物事がうまく運ばない
賖りし＝掛買い
まなひうかべ＝立身出世
なみなみの＝並ぶこと
名しろ＝名声
醜翁＝作者自身
あに＝どうして
梓弓＝丸木で作った弓、「かえる」にかかる枕詞
うつばり＝梁、はり
かづき＝被き、潜る
心なおきそ＝心配するな

神さちはへむ　親と子がため

反歌

いすずきて　ゆかさぬより《頼》を　事なして　かへ《帰》りこむ日は　ただいまのまぞ

述懐長歌並短歌

うれ《嬉》しとは　いかなる事ぞ　かな《悲》しとは　いかなる事ぞ　現身《うつしみ》の
この世の中に　樛《つが》の木の　いや生つかひ　夏草の　しみさか《栄》えゆく
日刺方《ひさかた》の　天の益人　しか位　高き短き　しかさとり　かしこきおそき
品こそは　百千かはれれ　位こそ　高くあれなめ　しかさとり
おそくしあらば　歎く事　なからましやは　さとりこそ　かしこくあれめ
しか位　みじかかりせば　なげく事　なからましやは　七種《くさ》の
宝にとみて　思ふ事　あらずありとも　う《産》みの子の　め《愛》で子しなくば
うれしとは　いかでかいはむ　世につかむ　子ら多《さわ》にして　うらむ事
なからましかば　世わたりは　貧しかりとも　かなしとは
な《何》にかいは《言》まし　位さへ　心にまかせ　さとり《悟》さへ　身にあまれるは

はえむ＝光栄、ほまれ
いすずきて＝そわそわする
ただいま＝たった今
まぞ＝折、潮どき
現身＝現世
樛（栂）の木の＝つぎつぎにかかる枕詞
日刺方の＝天にかかる枕詞
天の益人＝数が増していく人民
しか＝接頭語
うみの子＝実子、子孫

ともすれば　命みじかく　宝足り　子ら多《さわ》なるは　ともすれば
生月事《せいげつ》いでて　天地《あめつち》の　なしのまにまに　呉竹《くれたけ》の　世にありへぬる
八百万　物のことごと　ししくしろ　よき事をのみ　稲置なす
へまむと思へど　さばかりは　神ぞゆるさぬ　浪速江《なにわえ》の　あし《悪》かる事は
泡のごと　消よと思へど　さばかりは　誰れかのがれむ　鳥すらは
水はおよがず　魚すらは　空に踊らず　村肝の　心のうちに　天つみつ
仰ぎ乞祈《こいほ》み　ほりと欲《ほ》る　事の悉　川のせに　生る玉藻《たまも》の　水の共
なひけるなして　割竹の　そがひ《背向》にならす　たち《裁》あはせ　ぬ《縫》へる衣の
むね《胸》あひ《合》て　足らへるごとく　島つ鳥　うべき事かは　百は百
千は千ながらに　あし《悪》けきも　よ《良》けきも時の　まにまにと　思ひはるけて
穴の熊　屈まりはてす　日やけ稲　ちぢ《縮》まりゆかず　神産日　高御産日の
神よさし　よさし玉へる　狛剣《こまつるぎ》　吾身の業を　いそはきて
ゆめなおこたり　しかのみし　思ひ究めて　走り猪《い》の　かへりみせずば
かへりみて　何をか恥む　蛛のいの　かからましかば　現身の
此世の中は　さもこそは　大らならましか　さもこそは　広らならましか
ふりさくる　高山のこと　大海のこと

呉竹の＝世にかかる枕詞
ししくしろ＝「よき」にかかる枕詞
へまむ＝失敗する
さばかりは＝たいそう
村肝の＝心にかかる枕詞
天つみつ＝仰ぎにかかる枕詞
うべき＝諾き
まにまに＝随意
よさす＝寄さす、任命
いそはく＝勤め励む
走り猪の＝突っ走る
さもこそは＝いかにもそのとおり
大らならましか＝安からであろうか、平和であろうか
広らなましか＝広やかであろうか
ふりさくる＝はるか遠くを仰ぐ

反歌

大空の　ひろらになして　わがこころ　ゆめなやまさじ　われは丈夫《ますらお》

丈夫＝強くいさましい男子

＊家君自小少善国風嘗抜萃其得
素在為一巻命曰果園雑咏百首
豊穎本居翁観而聲之作序見贈
家君意殊欣然於是雄諸千家君更加
其長歌十首遂以謝之剞劂●果園
飛家君之志亦唯欲以廣分遺今里昆弟
及相知在而巳読在無與世之刻詩歌文
章誉声名利在同視刻幸甚時明治
十一年杪冬題於黄微岡山備居

男雄

家君《かくん》は小少より国風《こくふう》（倭歌）を善《よ》くす。嘗《かつ》て其の意を得《え》しところ在るを抜萃《ばっすい》し、一巻を為《な》して命《な》づけて「果園雑咏百首」と曰《い》う。豊穎本居《とよかいもとおり》翁が観て声《ほめ》て序を作《な》し贈らる。家君の意殊《こと》に欣然《きんぜん》たり。是れにおいて、雄（自分の名）は家君に請《こ》い更《さら》にその長歌十首を加え、遂に以てこれに附し剞劂《きけつ》（版木による上梓）す。この挙《きょ》は固《もと》より家君の志に非《あら》ずも、亦《ま》た唯《た》だ

＊あとがき

男＝息子
雄＝次男舜一郎

雄の以て広く郷里の兄弟《けいてい》及び相知《そうち》の在《ところ》に分遺《ぶんい》せんとするのみ。読めば世《よ》に刻さる詩歌に与《くみ》する無きも、文章の誉声《よせい》・名利《みょうり》を同視《どうし》すること在《あ》れば則ち幸甚《こうじん》なり。時に明治十一年杪冬（晩冬）、黄微《きび》（吉備）岡山の侷居《きょくきょ》に於いて題す

男雄《むすこ》

明治十二年一月　出版　　定價拾貳銭

著者　福岡縣士族
佐久間種次郎
岡山縣備前国岡山区
六番町十六番地寄留

出版人　福岡縣士族
佐久間舜一郎
岡山縣備前国岡山区
六番町十六番地寄留

種（果園）

もののふの心と歌の道　『果園雑咏百首』に寄せて

藤井悦子

『果園雑咏百首』との出会い

ことのはも及ばぬ春の明ぼのにかすみてにほふ山ざくらかな　　佐久間　種

豊前市八屋の、八屋中学校前を一歩入った所に、通称松岡山（教校《きょうこう》山、佐久間山とも）と呼ばれる小さな丘がある（JR宇島駅からは徒歩五分、旧国道10号より入ることもできる）。幕末・明治の豪商小今井《こいまい》乗桂《じょうけい》翁の像と碑の建つ丘からは、南にわずかに離れた場所である。

その岡には、幕末の小倉藩士・国学者で歌人の佐久間種と、妻立枝子（画号・小琴、松琴）の墓が並んで建っている（135ページ参照）。二つの自然石には、「果園　佐久間種墓」、「廣江松琴墓」と書かれている。

傍には榎であろうか、二本の丈高い樹が空に枝を広げている。訪れたのは、平成三十（二〇一八）年十二月初めの暖かい日であったが、墓の辺りには早くも白い水仙の花が咲いていた。星の形をした小ぶりの白い水仙である。

丈高い二本の樹の反対側には、石一面に刻字された墓碑と小さな墓がある。この丘に旧宅のあった青木典則とその妻妙薫信女の墓である。

小倉藩の下級武士であった種は、その時代に必要とされる学問を藩に進言したが受け入れられず、家を養子半之助（文四郎）に譲り隠居し、各地の友人、知人を訪ね歌の交流をしていた。

三十八歳で結婚し子を得た後も、各地を転々としてきたのであったが、嘉永三（一八五〇）年、妻立枝子と幼い二人の子と共に、八屋三本松のこの地に住むこととなった。

種の門人たちに紹介されてきた松岡山には、青木典則（一八四〇年没）の旧宅があり、そこに生涯住んでよい、といわれていた。種四十六歳、立枝子三十五歳の時である。

上毛郡《こうげ》八屋《はちや》三本松（現豊前市八屋教校）の、松岡山の周辺は今より丘が広く、松や梅、桜、柿の木などが植わり、少しばかりの野菜を作る地もあった。

その頃、周防灘の海も近くに見えて、三本松に移り住んだ時、立枝子は大変喜んだ。

天雲に連なる海をわが庭の物となしてもすめる庵かな
（「廣江立枝子遺稿　呉機　下」）

千世かけてかくなからにと思ふかなこの松岡の雪のあけぼの
（同前）

平成三十年夏の初め頃、豊前市立図書館で佐久間種次郎の歌集『果園雑咏百首　全』のコピーを手にした。

同じ時、妻立枝子の評伝の載る福岡女学院短期大学・前田淑氏の「近世女流文人佐久間立枝子――生涯と作品」、『日本の近世 15 女性の近世』（中央公論社）の中の「流離《さすらい》の歌人佐久間種と人妻広江立枝子の愛」（関民子執筆）も手にしている。

佐久間種次郎は、通称佐久間種と呼ばれ、号を「果園《かえん》」（このみその）、また「萬非」ともいわれる。種の歌集『果園雑咏百首 全』には、短歌百首と長歌十首に短歌（反歌）十一首が添えられる。序文は、本居宣長の曽孫にあたる本居豊穎《とよかい》、あとがきを、種の次男で跡取りの舜一郎が書いている。中程に種のはしがきがあり、出版したいきさつが述べられている。

自分の書いたものや短歌などを世に発表することを欲しなかった種が、明治に入り、友人や息子らのすすめによって、短歌・長歌を選び五百部を出版した。あとがきに舜一郎が記しているように、主に種の弟子や縁者らに配することが目的であった。

種の『果園雑咏百首 全』は、細字で書かれた筆文字の、端正な美しい一行一行の歌の流れになっている。

種が文章の終わりに入れる署名は、「なす種」といわれている。一度見たら忘れられないユニークな形をしており、野菜のなすの形に似ているというのであろうか。彼の美意識の一端を感じさせられる。

種先生

『豊前市史 上』の「近世、学問と文芸」の頁を見ると、「佐久間種と門下生たち」という項目がある。

佐久間夫妻が八屋村三本松に居を構えたことにより、この地方でもその門下生となるものが多かった。

とあり、種の門下生として、手島晋、戸早新右衛門、高橋保命、塩田信就、森庄三郎、佐久間立枝子の名が見える。

江戸時代の代表的な歌人として、契沖《けいちゅう》、荷田春満《かだのあずままろ》、賀茂真淵《かものまぶち》、本居宣長《もとおりのりなが》、香川景樹《かがわかげき》らがいる。県居《あがたい》の号をもつ賀茂真淵は、古典万葉の研究家として知られ、本居宣長（鈴屋《すずのや》）は、国学の分野に歌学があるとし、「源氏物語」の研究、もののあはれの文学評論等々、国学四大人の一人といわれる。曽孫の本居豊穎が『果園雑咏百首 全』に序文を寄せている。

江戸中期の歌人・小沢芦庵は、歌を詠むには法なく師なく、心のままに詠むこととし、思いのままの自由なことばは、ただごとうた、と評された。しかし、和歌の本質を明らかにしたとして、香川景樹はこれによって開眼したとされる。

江戸後期の歌人で、桂園《けいえん》（かつらその）・梅月堂などの号をもつ香川景樹は、自然な感情の調べを平易な言葉で現す短歌を広めていった。近世歌界の巨人といわれ、多くの門人をもち、時の人でもあった。明治二十（一八八七）年頃までその歌風は続いていった。

識字率の上がった江戸後期、新しき動きを受け入れるエネルギーが国中に満ちていたのであろう。

種は、桂園派ともいわれている。

種はいつ頃、果園と号したのであろうか。立枝子と結婚する時には、すでに果園であった。果園《かえん》と呼ばれていた号を、このみその、と名づけたのは立枝子の母震子《しんこ》である。

種と立枝子の新婚旅行は、京都であった。京都への滞在はかなり長かったと思われる。学問の府といわれる京都、桂園派の中心でもあり、香川景樹と会う機会があったのでは、と想像する。


ここ上毛郡内でも、文化・文政（一八〇四年～）の頃から和歌が流行したという。通称「種先生」と呼ばれていた佐久間種の活躍する時とも重なってくる。

江戸時代中・後期、塾や寺子屋には、商家や農家の子どもも通い始めて、庶民の識字率が上がり、漢詩や和歌、俳句などの文芸に親しむ人々が増えてきていた。

『豊前市史』の、「国学の台頭と社人の活動」の中にも、小倉藩における国学の指導者として、名前の上がっているのが秋山光彪、西田直養、佐久間種の三人である、としている。

また、『角川日本地名大辞典 福岡県』の中にも、小倉藩の代表的国学者として西田直養を挙げ、佐久間種は西田直養と並び称される文学者である、と載っている。

種の生い立ち

佐久間種は、享和三（一八〇三）年、小倉藩士松岡敦盈《あつみつ》の次男として、東小倉に生まれる。幼名を芝《しげ》袢《なか》、通称を種次郎、号は果園《かえん》（このみその）という。十一歳の時、同藩の佐久間文作の養子となる。祖父の家を継いだのである。

父、敦盈のことは、

小倉藩の下級武士であった種の父は、武芸で身を立てようと柔術・撃剣・綱・十手・棒・乳切木《ちきれぎ》・居合い・鎖鎌・長刀《なぎなた》などをきわめたが、生涯藩に登用されることもなく〝自無得斎〟と号したという。

（則本正泰編「国学者 佐久間種」）

父が武芸で登用されなかったため、種は、文官として藩のためにと、厳しく身をつつしみ、父に武芸を習いながら、六歳の頃から文字を習い、漢学を藩校（思永館）に、和歌、国学を秋山光彪に学んだ。後に種は『小倉六歌仙五十首和歌集』を編むことになる。

行橋市歴史資料館で平成十八（二〇〇六）年、二十三年、令和元（二〇一九）年と、「小倉六歌仙」に寄せて、種関連の書幅が展示されたことがあった。

令和元年の、「行橋の文人コレクション 初公開資料展」では、今井津須佐神社の祠官であった片山豊樹（号清室）の求めにより、『新拾遺集』の中から選んだ三十六首を種が書いた『春霞帖』が展示されてあった。

豊樹は、西田直養、佐久間種と交流が深かった。一八七四（明治七）年、豊樹死去の際には、豊樹を偲ぶ歌を片山家へ寄せている。種の弟子でもあった豊樹の筆文字は、種の字によく似ているといわれる。

春立と日かけも空にしられけり霞そめたるみよしのの山　たね

京築地方には多くの種の書蔵家がいて、昭和初期の「築上新聞」の大江社長による「豊前の国学者佐久間種の和歌を集む」（125ページ参照）の記事により、多くの書蔵家が名乗り出て種の歌が紹介された。

昭和十四年十月九日　黒土村富永可山氏蔵

村雨のふる夜の虫の声きけば秋はかぎりの心こそすれ　たね

月やどるしのぶの露もおつばかりふせやの軒にころもうつなり　〃

など、種の書幅が多く発見されている。

種は、歌は万葉に限ると言い、万葉調の歌を詠み、長歌を多く残した。長歌集三十五冊、『万葉集』注解、病夢余談、壁耳随筆一五四冊、『万葉集』秀歌の書き抜き、『果園雑詠百首』、短歌文詞の数、合わせて五百余巻になるという。

種の結婚

種が二十歳の時、父松岡敦盈が亡くなる。尊敬する父の死は種にとって大きな悲しみであった。父を亡くした後も種は、国学者として歌人として、藩のために勤め努力してきたのであったが、藩庁が人材登用の道を開くことはなかった。

則本正泰編の「国学者　佐久間種」の中に「幕末武士の思想」という文章があり、封建社会での身分の差による苦しみが書かれている。

寛政二（一七九〇）年、江戸幕府は「寛政異学の禁」を出し、幕府の学問所に対して朱子学以外の儒学を禁じた。藩校や私塾には適用されないのだが、朱子学を積極的に取り入れる藩校もあり、小倉藩においても、であった。種は、朱子学は実践の道ではない、と藩庁に訴えたが、受け入れられることはなかった。

種は三十七歳で家を養子に譲り、各地の文化人、友人らを尋ね交流していた。京都・岡山・山口・宇佐・佐賀・太宰府や、臼杵などの豊後地方等々。そうした旅の思い出は、紀行随筆として遺されている。

種が、添田地方の友人・中村武済の所に滞在していた折、天保十（一八三九）年十月、友人に託された立枝子の和歌を添削したことがあった。初めて見る立枝子の詠草に、種が「咏草のはしつかたに書つけける」とした文章がある。

天つたふ日子《英彦山》のねの雲をのみ高しとおもひ……山のもみぢをのみうるはしと見つるは、さてもまだしけるかなと……こは折枝子《立枝子》が詠草なり……かくたてし心の高く、いへる詞のうるはしきを……。

種は彼女の歌に心を奪われ、賛辞を送っている。後に友人の家で初めて会い、互いに詠んだ歌がある。

相見てはわがおろかさのくまなくていとわれぬべきなげきこそそへ　種

あさみこそむねくるしくもありぬめれわれは別《わかれ》にきえぬばかりそ　立枝子

初めて見る立枝子の詠草に感嘆した種は、また初めての出会いに心を奪われてしまった。明くる八日にも会い、歌の贈答があった。種もたびたび手紙を送り、立枝子もそれに応えて手紙を書いた。

明けて天保十一（一八三八）年、立枝子は一月九日の夜、灯りも持たず夫の家をしのび出て、暗い中を道に迷いながら種の元へと向かう。

君ゆえと思へばさのみつらからで夜半の山ぢもうれしかりけり　（「廣江立枝子遺稿　呉機　下」）

明くる十日二人は会い、心細かった思いを立枝子は涙ながらに種に訴える。

玉くしげふたたびあひて相思ふおもひは千々にまさりけるかな　（同前）

岡田家の追手に立枝子は身を隠しながら、下関の実家・広江家に身を寄せることとなる。種も事情を語り、立枝子の母や弟の理解を得て、受け入れてもらうのであった。

西楽寺の住職夫妻の力添えで、立枝子は西楽寺の娘分として、天保十一（一八四〇）年十一月、二人は結婚する。

立枝子の生い立ち

種と出会う前の立枝子は、折枝子と呼ばれていた。種と出会って明くる年の五月頃、立枝子と名を改めたのではないか、といわれている。

立枝子（一八一四〜六一）は、山口県下関市西細江の名家・伊予屋広江家に生まれる。広江家は醬油醸造業を営み、祖父殿峰《でんぽう》が風流文化人として、多くの学者や書家・画家・詩人・歌人などが訪れ、滞在していたという。

頼山陽《らいさんよう》や、筑前の漢詩人原古処《はらこしょ》・采蘋《さいひん》父娘もよく訪れ滞在していた。

立枝子の父為禎《いてい》は、文化十一（一八一四）年十一月、三十八歳で亡くなる。夫の没後、母震子は二人の幼児を連れて為禎の弟金童（秋水）に再嫁する。立枝子のかん女（閑女）は三カ月、兄秋航は四つ上であった。

父為禎の妹さく女（かつら）は、書画・和歌・俳句・茶の湯・生け花など、また手芸も巧みであった。立枝子は叔母さく女の影響を受けて裁縫や手芸を教わり、結婚して子育てをする中で、家計を助けることになるのである。

立枝子は画を田能村竹田、木下逸雲に学び、浪速《なにわ》の水流主人田燕の記した『古今南画要覧』の俊秀の部に廣江小琴として名を記されている。

立枝子の最初の結婚は、門司田の浦の酒造業、荒物商を営んでいた鈴木建蔵との間で、熊太郎という息子があったが、子を置いて家を出ている。

「廣江立枝子遺稿　呉機　下」に、「熊太郎につかはしける　めのとのふみの体にならへり」と書かれた、立枝子の文《ふみ》がある。

種と結婚し京へ上ると決まった時、会うことの叶わぬ身ながら文を送っている。

今の母君に孝行を尽くすように、父君は元より祖母君にも優しく接するように、と言葉を尽くしている。また、「なりはひの道には学問も風流の道も必要である」と説いている。

二度目の結婚は、田川郡添田の商家岡田家であった。両家とも、生家広江家との家の釣り合いによって、選ばれ交わされた結婚であったろう、といわれている。

家を養子に譲って養家を出た種と、友人を通して種に和歌の添削をしてもらった立枝子。幕末の世に、歌を通じて会うべくして出会った二人であった。

京への舟旅

天保十一（一八四〇）年十一月、西楽寺住職夫妻の娘分として、広江立枝子は佐久間種と結婚する。年末に二人は京都へ上る。

京へのぼらむとて赤間が関より舟出しけるとき　　立枝子
ともづなをとくややがてもはやとも《早鞆》のせとうちすぎていさむ舟人
門司のかたをみやりて
うら風になびくしほや《塩屋》の夕けむり
　といえりければある人　からきわざとは　みえぬなりけり
ある人また　夕なぎにま《真》かぢ《楫》しじ《繁》ぬき《貫》　こぎ《漕》ゆけば　といえるに
みるみるかはるおきつ島山

ある人とは種のことで、夫妻での舟旅の様子が、「廣江立枝子遺稿　呉機　下」の中に多く詠まれている。立枝子と種にとって京への旅は、ひとときのやすらぎとなったことであろう。

京にはどのくらい居たのであろうか。立枝子の歌の中に、京都の四季の景色が詠われているのを見た時に、疑問に思ったことである。

二人は京都に住むつもりであった。今さらながら気がついたことである。母がわりの、西楽寺の峰子刀自《とじ》からは、京へ上る時に裁縫や刺繍に使う糸をたくさんもらっている。

京へのぼりけるとき　馬のはなむけ《せんべつ》に糸をめぐまれける峰子のとじ《刀自》のもとによろこびいひつかはしける世をそこのおくに

よりあはす手引の糸のすぢごとに君がなさけの色ぞこもれる

（「廣江立枝子遺稿　呉機　下」）

母に別るとてかきのこしおける

たらちねの母に別れてゆくたびはこころをあとにのこすなるかな

（同前）

先に書いた熊太郎への文にしても、今生の別れとも……と、立枝子の母心がうかがえる。

実際には、天保十四（一八四三）年一月、長男虎彦が山口県・長州で生まれている。天保十三年中には、京を離れている。やはり小倉藩庁から呼び戻されたのであろうか。

京よりくだるとき伊東松翁を別るとて
はぐくみしおやに別るる心ちしてなくにもさこそなかれざりけれ　（同前）

同じ時、菊子の刀自に、鶴ぬしに、加藤の刀自に、と京を離れる時の別れの歌が多く、種も立枝子も多くの人々と親しく接していたであろうことが想像される。

種が京都に住まった時、「講筵《こうえん》」を作ろうとしたところ、小倉藩に知れて呼び戻されたという（「国学者 佐久間種」）。

住まいつぎつぎに

京より戻り、長男虎彦（須田虎蔵）が生まれてのち、まもなく遠賀郡穴生《あのう》（現北九州市八幡西区）に移り、種は塾を開く。この頃、立枝子も虎彦も重い病にかかる。

三年後の弘化三（一八四六）年八月、次男筑紫麿（舜一郎）生まる。家に病む者多く、半年か一年で下関に移る。立枝子の生家近く、母の側近くへ移っていったと思われる。

しかしまた、嘉永元（一八四八）年、長門矢玉《やたま》浦に移る。種は塾を開く。塾生多く、立枝子は娘たちに裁縫を教える。

「廣江立枝子遺稿　呉機　下」に、「月をみていへる詞」という立枝子の随想がある。その中に、いろいろと心を痛めて旅に出歩く種の様子を見て、彼女の苦労する様が綴られる。

幼子《おさなご》二人と美しい月を見ながら、父君はいかなるあたりにて見たもうらむ、と話しているところに若人が漢籍の勉強に来る。また叔母かつらと母が一緒に、月見がてらやって来る。叔母かつらは萩の商家に嫁いでいた。

幼子は眠り、若人も叔母と母も帰っていった。澄み渡る中空の月を見ながら、

わがせこはいかなる庵にやどりしてこよひの月をいかが見るらむ
土さへもさく《裂》ばかりなる暑き日にもなく事なくとくかへれ君

種の帰りを待ちながら、幼子二人と塾を守り、忙しく立ち働いていた立枝子。

八屋三本松、松岡山へ

嘉永三（一八五〇）年、種の門人などの世話で、上毛郡八屋の三本松、松岡山（教校山、佐久間山）の、青木典則の旧宅（松岡亭）に住むことになる。

遠くに犬ケ岳、求菩提、雁股など豊前の山並を望み、眼の前には周防灘を広く見渡せる。種が家族で一番長く住んだ地である。

庭には古い松や柿の木などがあり、桜の木も並び植わっていた。花の咲く頃には、遠くからの友人も訪れて歌会が催され、立枝子は歌を多く残した。忙しくも花を待ち、夫の帰りを待ち望む彼女の歌には、切実なものがあった。

いかで君そのふの花にいそがるるこころをくみてはやかへりませ　（「廣江立枝子遺稿　呉機　下」）

また松岡山に移り住んだ時の種の心境は、次の歌の中に見え隠れする。ここもまた、藩に関わり用意された地であったともいわれている。

されぱこそ世をいさぎよく遁《のが》れつれ檜《ひ》はらがおくの秋の夜の月　（『果園雑咏百首』）

のがれ来てかくれし草の庵にはそそぐ雨さえ音せざりけり　（個人蔵資料より）

ここでも種は塾を開き、近くの町家や農家の子供たちが習字や漢籍の素読を教わりに来た。また歌会を開いたり、歌の添削をしたり、招かれて遠くへ出かけることもあったという。種の留守中、立枝子は素読生の稽古、子供たちへの手習い、少しばかりある畑の耕作と休むひまなく立ち働いた。

彼女の裁縫の技術は高く、女性たちに縫い物を教えながら、頼まれる縫い物や刺繍も多くあった。

嘉永五（一八五二）年、三男千鶴丸（湊彪雄）生まる。
安政三（一八五六）年、四男初子丸（末吉四郎）生まる。

のちに二人は、幼いながら江戸の唐澤医師の元で学んでいる。立枝子の二人を気遣う文が「廣江立枝子遺稿　呉機　下」に載る。「このころはげに（略）まがねもきゆる日盛のあつさにもなほをかされ玉はで、まなびのまどにむかひ玉ふらむと、まづはうれしうなむ（略）ただ二人の生さきをたのみにて（略）」

安政二（一八五五）年、この春には一家で椎原（豊前市）へ花見に出かけている。皆での花見は、生涯ただ一度のことであった。

裁縫の業におは《追》れしいとな《暇無》さを忘れて向ふ山さくらかな
（「廣江立枝子遺稿　呉機　上」）

うきこともかつわすられてけふはただ花にうかるるわがこころかな
（同前）

「すずしきかたへゆくぞうれしき」

文久元（一八六二）年八月二十六日
立枝子病没　四十八歳
永照院秋月妙円大姉
導師　八屋宝福寺吐南禅師

種は豊後鶴崎で、立枝子の危篤《きとく》の報に驚いた。急ぎ帰宅したのが二十三日夜半であった。種の帰宅により立枝子は喜んだ。一時持ち直したかと見えたが、二十六日かすかな息の中で辞世の歌を口ずさんだ。

晴わたるみ空の風にさそはれてすずしきかたへゆくぞうれしき　立枝子

「廣江立枝子遺稿　呉機　下」の中に種は、「身まかりなむとするとき」と題して、この辞世の歌がある。辞世の歌を詠んだのち、立枝子は合掌して息が絶えた。

種が、

子らはみなうれしき世にも立ちぬべし心のこさで天路しらさね　種

と詠みきかせると、立枝子は頷いた。その前に立枝子は、種へ辞世の歌を書き遺していた。

君をこそみおくりぬべきわれなるを背けることのあまた悲しき　立枝子

種はそれを詠み、

しるや君思う事ごとなさずして別るるほどの心ぼそさを　種

「廣江立枝子遺稿　呉機　下」の中で種は、「おのれにと　そのと思へば声をもたてづべかりしこのくだりの事どもは　予が泣血《きゅうけつ》鄙稿《ひこう》に委《くわ》しく記しおきたり　果園」と悲痛の想いを書き記している。

長男と次男も別れの歌を詠んでいる。

年比の母のみかげに生立てけふの別《わかれ》をなにとかはせむ　長男（十九歳）

柞葉《ははそは》の母の命に別《わかれ》なばいかなる陰を吾はたのまむ　次男（十六歳）

三男九歳、四男六歳

母の死は、四人の男の子たちにどれだけ心細い思いをさせただろうか。子たちばかりではない。種にとっても、四人の子育てから塾のことまで、立枝子に頼ることの多かったことを思い出しては、随想や小文に書き遺している。

立枝子の伝記風小文「樒《しきみ》の露」、「立枝子新喪《しんも》記《き》泣血《きゅうけつ》鄙稿《ひこう》」、「立枝子新喪記余哀」など。

日に千回思へどかへる道ならで再び見えぬ人の恋しさ　　種

種は生涯、立枝子を忘れることなく四人の子らとともに法要を続けていった。
立枝子が亡くなる時に、種が詠みきかせた歌に、

子らはみなうれしき世にも立ちぬべし心のこさで天路しらさね

種の祖父も父も、種自身も通ることのできなかった道が、四人の子たちには開けていくのではないか、子たちの将来は心配するなと、死んでゆく立枝子に言いきかせている。方々を歩いてきた種には、この世の中が大きく動いて変わろうとしていることは見えていたに違いない。

松岡山を去る

立枝子が亡くなってから二年後（文久三・一八六三）の一月、種と子らは、八屋三本松の松岡山を去って小倉へ。
慶応三（一八六七）年八月二十六日、立枝子の七回忌を営む。

七年のむかしのその日めぐりきて今別れたるここちこそすれ
（『果園雑咏百首』）

八月一日に香春の常宿浄妙寺を発って十六日には八屋へ入っていた種は、三好屋へ宿泊し、各所の歌の弟子や友人を訪ね、歌の添削をしながら旧交を温める。二十四日、立枝子の七回忌のための饅頭を買いに出かける。

しかし、浜崎屋では今は饅頭を作らず、八屋の文五郎は餅にせよ、と言う。夜になり、舜一（次男）、小権六（三男）、四郎（四男）らがやって来る。この地で一番世話になる文五郎は、一木文五郎といい元々薬屋であった。慶応四年には、久路土手永《くろつちてなが》（手永：細川藩独特の地方行政区画）の大庄屋となるのである。

二十五日の夕方、舜一と宝福寺へ行き誦経《ずきょう》を頼む。当日の二十六日は大雨となる。文五郎が餅を搗いてくれ、村内の十一軒、また世話になった十二軒へ配る。

午後、子と墓参をし、また文五郎へお礼をする。文五郎は、立枝子の供養にと斎《とき》の用意をしてくれた。斎ののち、文五郎の息子の英二郎らと共に懐旧の歌会を開いた。

二十七日には、舜一を宝福寺へやり卒塔婆《そとば》を頼み、小権六、四郎を立てにやる。夜はまた知人らが尋ねて来て、夜の更けるまで歌会をし、専平（弟子）は泊まっている。

二十八日、大雨の中、舜一は犀川《さいがわ》、節丸《せつまる》まで戻っていく。いかばかりかぬれつらむ、と種は記す。

八月三十日に種は、香春に居る虎之助（長男）へ手紙を出している。虎之助は十月二十六日になって、ようやく種の元へやって来た。

明くる二十七日、虎之助と一緒に大村（現豊前市）の大竜という石工に逢いに行き、墓石を見、河内に石を見に行く。大竜の石佳也、これに決す、と種は記す。帰りに宝福寺の吐南和尚を訪い、酒を置いて帰る。

墓所のことは、種が香春から八屋に着いてまもなくの八月十八日、墓所地式のこと五歩（五坪）だけ求めまほしきよし、売吉に謀りてよ、と文五郎に頼んでいる。

立枝子の七回忌を終えて九月十三日、墓所の囲いにする竹二本を買い、二人の人夫をやとって地取りを終える。

二十六日には、長平に地づくりを頼んでいる。

十二月に立枝子の墓碑が出来上がった。


明治七（一八七四）年、立枝子十三回忌法要。

四月、「小倉六歌仙五十首和歌集」成る。

「廣江立枝子遺稿　呉機　上・下」、種の編集。

「哀慕立枝子」長歌一首　短歌五首。

明治十二（一八七九）年一月、『果園雑咏百首』。

明治十八（一八八五）年、立枝子二十五回忌法要。

明治二十五（一八九二）年三月一日、種は旅の途上、遠江国堀の内の長男（須田虎蔵）の家で生涯を終う。九十歳であった。のち、子供たちの手で、八屋松岡山の立枝子の墓に並び葬られた。

小倉戦争の間にも多くの歌を詠む

香春の浄妙寺に宿泊の種は、小倉戦争の間にも歌を詠み、兵士らの歌の添削をし、時には浄妙寺で講義を行ったりもしている。

赤心隊の中心に居た種は、藩への建白書も多く提出し、種の塾の教え子たちの多くが赤心隊で活躍した。

長州との戦の後、小倉藩は政府側となり、すぐに奥州へと出兵した際には、弟子たちが多く種に相談に来ている。名前も、実に変わった名が出てくるのだが、種が付けたものも多いと思われる。

慶応三年（一八六七）四月十九日

玄彰（次男舜一）が肥後にて宿りたりける宿主、莨屋《たばこや》兼治へ礼状をつかはす　兼治ははね木町にすめるとなり　はね木町庄屋桜井又助、滑石村庄屋巴七之助、滑石村の宿主忠次郎等へも礼状をつかはす　忠次郎は前の宿主なり

われぱかり花にうかると思ふ野のひばりも空になりにける哉

（『果園雑咏百首』）

夕月はふもとの霧にいりはてて峰のひはらに秋かぜぞふく　（同前）

右二首　半截にかきて兼治へつかはす

足引の山はくえてもなびきてもわが大君のみ世はうごかじ　（同前）

狼のさけびし声にねざむれば草のまくらに月ふけにけり　（同前）

歌、長歌あまたよみつれど……。

明治十二年出版の『果園雑咏百首』の中に右の四首も入っている。

慶応二（一八六六）年六月十七日、小倉藩と長州藩の戦争が始まった。形勢不利と見た小倉藩は、八月一日朝、幼君豊千代丸と貞順院らが肥後へ出立、熊本藩の庇護を受けた。同日正午頃、小倉城は自焼する。種の長男虎之助、次男玄彰も、他の藩士らと共に幼君の警護についたと思われる。慶応三年一月二十六日、小倉藩・長州藩の和議が成立する（小野剛史『小倉藩の逆襲』より）。

雪の国分寺（四季の歌）

冬に雪の多いのは、農家にとって秋の実りの吉《よ》い報せだとしている。

令和三年に入って、ここ数年にない寒さと大雪に見舞われた日本列島だった。

みやこ町豊津の豊前国分寺へ出かけたのは一月も半ばであったが、三重の塔の雪景色の多方面から撮った写真を、住職に見せていただいた。

庭園の中の赤い塔は、殊の外雪に映えるもので、三重の塔の上の相輪はますます高く空に向かって伸びている。

国分寺には十年前、自著『豊前国三十三観音札所めぐり』の取材・執筆の折にお世話になっており、今回は、佐久間種自筆の歌の書があることを聞き、訪ねたものであった。

今まで、庫裡《くり》の座敷に一枚ずつ並べて掛けられていたものが、永年の煤で黒くなり、表装しなおして、五枚を一並びの扁額にされていた。まさに、種の署名の並んでいるのを見るにつけ、几帳面な種のことを思った。

吹《ふく》としもみえぬ朝《あした》の春風を姿になびく青柳《あおやぎ》のいと　たね
夕立のすぎ行《ゆく》あとはすずしきにみみに来る蟬のもろ声

玉鉾《たまほこ》の陸奥山《みちのくやま》に咲始《さきそめ》て世に散《ちり》かおる花は此花《このはな》
月かげをやつ(俏)しし雲は払ひぬとほこりがほなる松かぜの声
厚被《あつぶすま》なごやが下もそで沍《いて》て霜深き夜はねられざりけり
（宮城の萩を詠む仙台はぎ）

春夏秋冬と四季にわたって丁寧に歌われ、いずれも落ち着いた調べの歌となっている。

国分寺より帰りしな、住職より、今年（二〇二一年）の干支である丑の吉祥飾絵をいただいた。昨年に続くコロナ禍の中、魔を除《よ》け福を招くとし、赤い光の中、牛が白く浮き出ている。力強い特牛《こってうし》のようでもある。

春の若草

国分寺を出て、豊前市八屋の松岡山にある、種と立枝子の墓地へ寄る。

墓のかたわらの二本の樹は、巡りを遮《さえぎ》るものもなく、なお高く空に枝を広げている。種の家族が身を寄せて暮らした丘の、二人が眠る地には、今年もまた白い水仙の花が咲いていた。花は忘れずにやって来る。種と立枝子のかたわらに、白い小さな星のすがたに。

二人の墓の前の花立に、かたわらの柴の小枝と水仙の花を活けて、手を合わせた。

うなゐ子《幼子》があらす垣根の野べみればまだきひはなる春の若艸　立枝子

真冬の寒さからようやく抜け出て、早春の陽が射してくる。外で遊びたい盛りの幼子は、矢もたてもたまらず外に飛び出し、種や立枝子の作る小庭のめぐりを駆けまわる。そこには、いま芽吹いたばかりの幼い若草のあることよ。

母としての立枝子の、幼子と芽吹いたばかりの庭の若草に寄せる、温かい新鮮な一首である。

この歌は、種の四男末吉四郎の遺族によって、旧北九州市立図書館の時に納められている「廣江立枝子遺稿　呉機　上」の、春の歌の中の「若艸」にある。

種の曽孫、墓参のため来豊

（辛島並明氏の新聞への寄稿〔122ページ〕より）

昭和三十四（一九五九）年九月上旬、佐久間夫妻の墓所のありかについて、豊前市職員が市内宇島《うのしま》の辛《から》島並明《しまなみあき》氏宅を訪れている。

その後九月二十日、種の四男末吉四郎の孫にあたる平井正吾氏が、曽祖父母の墓参のために豊前市を訪れ、辛島氏と面会している。

辛島氏は二人の墓所まで平井氏を案内し、そしてこの時、神職によって墓石を祈禱してもらったのだという。

去る年、小今井家から豊前市に、墓所の掃除をする人もなく、草に埋もれたままの佐久間夫妻の墓を取り除いてもらえないか、と相談があった。

市はそのことを佐久間夫妻の後継者に伝え、困っている様子を伝え聞いた辛島氏が間に入り、佐久間夫妻と小今井家とは縁があったことを小今井家に説明し、諒解を得ていたという。

そのようないきさつがあって辛島氏は、佐久間夫妻のことについて調べてみたのだという。


小倉藩の下級藩士、松岡家の次男に生まれた種は、十一歳の時、父方の祖父の佐久間家へ養子に入る。幼い時から武芸者の父についてあらゆる武芸を習得し、国学・和歌を秋山光彪について勉強し、藩内でも知られた種であった。しかし、藩の学問への改革を再三訴えたが取り上げられず、三十七歳の折に家を養子文四郎に譲り隠居する。

諸国を巡りながら作歌の指導・添削をしていた種は、宇佐郡へも永年通い滞在していた、と辛島氏は記している。


辛島並明氏は宇佐郡辛島村出身であり、下乙女《しもおとめ》村の熊埜御堂家の分家である、乙女新田の熊埜御堂家から奥様を迎えている。もともと乙女新田の熊埜御堂家も下乙女村の本家の近くだったが、のちに海に近い乙女新田に移り、一家を成している。

酒造業を営む下乙女の本家には、種の遺稿が沢山あるが、その内『果園雑咏百首』に入っている一首がある。

浪速風《なにわかぜ》あしにそよぎて舟屋形すずしくなりぬ秋たつらしも　種

およそ七百年前、足利尊氏《あしかがたかうじ》の九州行きに従い、そのまま残ることになったといわれる熊埜御堂家。辛島氏の祖は勝乙目《すぐりおとめ》から千三百年、多くの文化、歴史が息づいている宇佐の地に、明治という全く新しい時代に移っていった中で種は受け入れられていくのである。

『大宇佐郡史論』の著者小野精一は、乙女村の人でもある。佐久間種のことは、「我郷土で半生を送り、御堂真哉《みどうしんや》、土岐東周など皆指導を受け、本部の歌道教育の上に貢献する所甚大であった」

と書かれている。

小野精一が書いている御堂真哉は、号を高御楯《たかみたて》といい、博学多才と呼ばれていた。地元の乙女村からの景色を詠んだ歌がある。

乙女十景（内五首）　高御楯

馬城晩霞

馬城のねは浮島とこそなりにけり霞む麓の春の夕暮

黒川雪蘆（黒川—乙女村を流れて周防灘へ）

黒川の名さえも今は埋もれて雪に折れふす蘆のむらたち

巫山《ふざん》帰鴉

巫山の松をふしどとよびつれて夕べを帰えるむら鴉かな

社頭霊水

勝乙女《すぐりおとめ》ありし昔のおもかげを写す鏡や神籬《ひもろぎ》の水

（勝乙目は、和銅元・七〇八、辛島氏の遠祖・宇佐宮の神職）

大矼納涼（黒川大橋）

潮もみち風も吹来る大橋を夏をよそなる所在りけり

種の宇佐での主な門人

熊野御堂真哉　立枝子の没後、四男四郎を預かる

土岐東周　晩年失明して後一層歌道に耽った

佐々木月玻　長州西浜《ながす》の人（ろう商・質屋等、種は約一年も同家に泊まる）

以首一半仏　柳が浦・種の高弟（種は蓮光寺庵に住んで界隈の歌人と交流）

今津俊一郎　中津藩の大庄屋、種の高弟、遺稿多しという（『下毛郡史』）

また辛島氏は、種のことを調べた中に、一八五七（安政四）年には、三潴郡蛭池《ひるいけ》の宮崎敦宅を訪い、同年また安政六年七月には、別府鉄輪《かんなわ》の直江家に、温泉入湯のかたわら相当長く滞在したようである、と記し、直江家に遺る種の歌一首を掲げている。

吾ぬしの意の万々《まま》のやど里とは神のゆるせる名こそありけれ　種

※　辛島並明氏の祖父（實右衛門並基）は、宇佐郡辛島村、泉社の祠官で、三男の並家氏が、明治に入り新置された小倉県活版局に出仕しました。

並明氏は宇島町に生まれ、父並家氏の石炭商・新聞流通業などを継ぎ活躍していきます。また、地域の文化事業などにも力を注ぎました。

以前、辛島宅を訪れ、並明氏にお会いしたことのある尾座本雅光氏は、床の間に置かれた甲冑を背に、椅子に掛けられた並明氏の、威厳のある姿が目に残っている、と言います。

『歌集　ドッグウッドの花』

『果園雑咏百首』の中に、「頼雄が東京に遊学するを送る長歌並に短歌《みじかうた》」という長い題名の長歌がある。種の跡とりで次男の舜一郎を東京に送り出す。一家の柱とも頼む舜一郎への思いの籠った歌であり、また励ましの歌でもある。

それまで一通り勉強してきた舜一郎も、明治に入り、三年間の約束で東京に遊学する。明治五（一八七二）年八月三日には、太政官布石第二一四号を以て学制が公布さる、とある。『大平村誌 下』の中に、佐久間舜一郎の名が、明治六年の上村小学校の主査として載っている。三年間の東京遊学から帰豊したばかりであった。

上村小学校は、のちの東上小学校である。

いすずきてゆかさぬより頼を事なしてかえりこむ日はただいまのまぞ

（『果園雑咏百首』）

次男で種の跡とりの舜一郎は、名前を沢山持っている。北九州市穴生で生まれた時には、筑紫麻呂と名付けられた。

その後は、玄彰・舜一郎（舜一）・頼雄と、時により名を替えている。玄彰から舜一郎に替わったのは、一八六七（慶応三）年八月一日、種が香春を引き上げて立枝子の七回忌のため八屋へ向かう日であった。「けふ、玄彰通称を改めむと乞、おわりに舜一と呼ばしむ、玄彰に応じたるなり」と記している。

その舜一郎の娘の西真砂《まさご》氏はニューヨークに住み、歌集『ドッグウッドの花』を出版された。

当時、福岡女学院短期大学の前田淑氏が、『江戸時代女性文芸史』の、広江立枝子の項目の執筆のため、種自筆の「廣江立枝子遺稿 呉機」を捜していて、のちに西真砂氏の遺族から北九州市立中央図書館へ届けられたものであった。

前田淑氏も、二〇二〇年五月に九十九歳で亡くなられた。妹さんからのお手紙では、種と立枝子のことはよくお話しされていたそうである。

小倉藩としては一番端っこのこの地に逃《のが》れるように移り住んだ種の家族。多くの人と交わり、立枝子の最期の地ともなった。

しかし、種と四人の子たちにとっては、かけがえのない故郷《ふるさと》となっていった。立枝子の法事の度に集まり、故郷の人々と交わる。

そこで始まる歌の会は、夜の更けるまで続くのである。

廣江立枝子遺稿　呉機

（抄録）

明治七（一八七四）年九月、佐久間種七十二歳の時、立枝子の書き遺したものを集めて纏め、筆写したもの。種の次男・舜一郎の娘、西真砂氏の遺族によって北九州市立中央図書館に納められている。上・下合わせて六四七首の内から百余首を選出した。種のあとがきには、立枝子は、四人の子が育ち上がった後、歌や文章をまとめようとしていたが、思いがけず四十八歳の若さで亡くなってしまった。優れた歌を詠んでいたことから残念であった、と記されている。

廣江立枝子遺稿　呉機　上

おこたらずぬくひとすぢの
　いとによりて千ひろのあやも
　　おりこそはなせ

たね

綿やまゆから取り出した一本の糸から、広い布地も織られていく。妻立枝子の歌も、こつこつと歌いためたものを集めて一冊としたものです。

廣江立枝子遺稿　呉機

春

年内立春

大かたの冬の日数もすぎぬまにみ空かすみて春は来にけり

元日

この朝明《あさけ》年立ちぬらしひさかたの《久方の(枕)》天のやちまた霞たなびく

早春海

いそもとによするしき波音かへて霞にほへる《匂》春のうなばら《海原》

子日《ねのひ》

いはひ《祝い》つつひくや子日のひめ《姫》小松一もとごとに千《ち》とせ《歳》こもれと

年内立春＝陰暦で新年になる前に立春がくること

天のやちまた＝分かれ道の多い所

しき波＝しきりに打ち寄せる波

子日のひめ小松＝正月、子日の遊び

浦霞

もしを《藻塩》やくあまがとまや《苫屋》の烟よりことうら《異浦》遠くたつ霞哉

梅間鶯

さきしより日ごとに来鳴うぐいすの羽風《はかぜ》も梅のか《香》にやにほ《匂》はむ

若菜

里人も伏屋《ふせや》をいでて春の野に若菜摘べき時は来にけり

春雪

まだきさく花かあらぬとまどふまで梢にたまる春のあわ雪

柳

吹わくる風なかりせば青柳《あおやぎの（枕）》のいとのもつれをいかでとかまし

若草

天づたふ《（日にかかる枕）》日かげはうと《疎》きわかやど《屋戸》の庭のものともみえぬわかくさ

はる野やく

さわらび《早蕨》のしたもえ《下萌》いそぐ春の野をやくや烟の末ぞのどけき

月前帰雁

おぼろ夜の月のあたりを横ぎりて霞をわたる雁の一つら《一列》

とまや＝苫（菅《すげ》や茅を菰のように編んだものを屋根に葺いた小屋

羽風＝鳥が飛ぶ時に生ずる風

伏屋＝小さく低い家

まだきさく＝早くから咲いている

花かあらぬと＝花であろうかと

青柳＝春の芽吹きの頃の柳

天づたふ＝天をつたう

うとき＝関心があまりない

したもえいそぐ＝地中で芽の出る準備をしている草々

おぼろ夜＝おぼろ月の夜

雨中花

雨ふれば花の色こそまさる《優る》らめいざみにゆかむ袖はぬるとも

花見にまかりて

たちぬひ《裁縫》のわざ《技》におはれしいと《暇》な《無》さをわすれてむかふ山桜かな

椎原の花見にまかりて

うきこともかつわすられてけふ《今日》はただ花にうか《浮》るるわがこころかな

苗代

賤の《農夫》をが小田の水くち《みなくち》せき分てなはしろ《苗代》いそぐ時は来にけり

山吹写水

立よればゐでの玉川そこすみ《底澄》てかげさえひかる山ぶき《山吹》のはな

松上藤

千世かくる松の梢の藤なみをながきゆかり《縁》のいろとこそみれ

三月尽

はふくず《這う葛の(枕)》の長き春日もいつしかとけふ《今日》ばかりにはなりにけるかな

春浦

わたのはら《海原》おきつやしほぢ《八潮路》かすみつつおとしづかなる春のうらなみ《浦波》

まさる＝すぐれる

たちぬひ＝針仕事

わすられて＝忘れて

水口＝田へ水を引く口

ゐでの玉川＝井出の玉川（歌枕）

千世かくる松の梢の藤＝永い年月を経た松に這う藤の花

はふくずの＝葛のつるが長く這うことから、長くにかかる

わたのはら＝うなばら

やしほぢ＝多くの潮路

夏

螢

大空のほし《星》の光を友とみてあくがれわたるほたるなるらむ

野夏草

若駒をはなちし春のやけはら《焼原》も肩すぐるまで草ぞしげれる

子規

伏庵《ふせいお》のかきほ《垣穂》のうつ木《卯つ木》花さけばまたでも来なく山ほととぎす

人伝子規

はつ声をききつとつぐる人づてもうらやまれぬる山ほととぎす

夏月

千まち《多くの》田のさなへ《早苗》の露の玉ゆらにうつるもすずし夏の夜の月

川辺納涼

夕さればしの《篠》のをざさ《小竹》を吹わきて川べをわたる風のすずしさ

あくがれわたる＝星に心をうばわれている

やけはら＝焼野

伏庵＝小さな家
またでも来なく＝花に誘われまたやって来た

人づて＝人を通じて聞く

玉ゆら＝一瞬、かすか

夕されば＝夕べになれば

夏風

しげりあふ草の葉末をなび《靡》け来て衣手すずし小野の夕風

秋

立秋

そよそよとちはら《茅原》くずはら《葛原》風吹て野べより秋は立そめにけり

荒屋秋来

生しげるむぐら《葎》がおく《奥》をたづね来て音づれわたる秋のはつかぜ

七夕舟

一とせに一たびかよふ天の川なみ《波》のよる《寄る(夜)》まつ妻むかへ《迎》ぶね《舟》

垣朝顔

やれ《破れ》がき《垣》にはひ《這》まつはれどなか〱にあはれこよなき朝がほの花

聞居薄

と《訪》ふ人もまれなるやどの花すすきたれこよとてか打まねくらむ

衣手《ころもで》＝袖

ちはらくずはら＝茅や葛の多く生う所

むぐらがおく＝葎の繁った荒れた所

一とせに一たびかよふ＝年に一度だけ通う

あはれこよなき＝この上ない情趣のある

打まねく＝一心に招く

野草花

はてもなき千くさの花にあくがれてわけぬ日もなしむさしののはら

蟲

おき《置》そは《添》る露の下臥ふしわびて枕にちかくむし《虫》のなくらむ

蜩

さらでだにかたぶきやすき夕かげを急がしたつるひぐらしの声

月

鳴むしもおぼれぬばかりおく露の底まですめる秋の夜の月

雲間月

天《あま》きらふやへたな《八重棚雲》雲の絶まより光をそふる秋の夜の月

澗底月

いは《岩》かど《角》のかげはをぐらき谷水にすみともすめる秋の夜の月

海辺月

百舟《ももふね》のほて《帆手》のおひて《追風》に霧はれてすむが豊浦の秋の夜の月

海辺朝霧

朝びらきこぎゆくあまの声はして霧立こむるみづのえ《水の江》のうら《浦》

はてもなき＝限りもない
わけぬ日もなし＝花野に
　入らぬ日はない
おきそはる露＝露の多い
　こと
さらでだに＝そうでなく
　てさえ
かたぶきやすき＝日暮れ
　の早い
急がしたつる＝せきたて
　るような
おぼれぬばかり＝露の多
　いこと
天きらふ＝空が一面にく
　もる
やへたな雲＝幾重にも重
　なってたなびく
すみともすめる＝澄通っ
　ている
百舟＝多くの舟
すむが＝澄んでいる
帆手の追風＝帆に当たる
　風で進む舟
朝びらき＝朝の舟出

籬菊《ませぎく》露芳

菊の花をるとてはらふそでの上にこぼれてにほふませの白露

初紅葉

立田姫《秋の女神》まだそめあへぬはつしほ《初入》のうす紅はのちぞゆか《床》しき

紅葉盛

葉がへせぬ松のみどりに照りそひて色をあらそふ蔦のもみぢ葉

擣衣

露じも《霜》の淋しき秋のよもすがらさもあやにくにうつきぬた哉

秋田

栽しより秋のみのりを待し田はかるうれしさもほにみゆる哉

冬

時雨

淋しかる山下庵の板庇うちたたきてもふるしぐれ哉

ませ＝ませがき。低く目の荒い垣

立田姫＝秋をつかさどる女神

はつしほの＝草木の紅葉の初め

色をあらそふ＝美しい色の様々を見せる

よもすがら＝夜どおし

さもあやにくに＝いらだったように

栽しより＝田植えをしてからのち

ほにみゆる＝よく実っている

寒草

しぐれにも霜にも色のうつろはでおのが名け《化》た《他》ぬ雪の下くさ

霜

けさははや浅ぢがはらの露の玉霜の花とぞ咲かはりける

朝霜

在明《ありあけ》の月のひかりとまがひしは屋かげにおける霜にぞ有ける

氷

くらぶべき物こそなけれ厚氷瀧つ早湍《はやせ》をとづる力は

冬月

白がねをしくかと見ゆる霜の上にみがける月のかげの寒けき

残雪

散しける紅葉はふりもうづまずてかのこまだらにつもる雪かな

松岡山に住けるころ雪のふりけるに

千世かけてかくなからにと思ふ哉この松をかの雪の明ぼの

竹雪

雪をれの竹のひびきに群雀ねぐらはなれてさわぐくれかな

けたぬ＝そのまま、変わらず
浅ちがはら＝茅《ちがや》がまばらに生う
霜の花＝霜がまるで花が咲いたよう
在明の月＝朝方の月
まがひし＝見分けがつかない
早湍＝水の早く流れる瀬、急湍
みがける月のかげ＝磨いたような月の光
ふりもうづまずて＝雪に埋まることもなく
かのこまだら＝鹿の子斑＝鹿の毛のよう
千世かけてかくなからにと思ふ＝永年月かけてこのような美しい景色になった
雪をれの竹＝雪の重みで折れた竹
群雀＝群になった雀

歳暮

春秋も早川のせとおちあいてひとつにくるるとしのみなと《年の暮》か

冬述懐

神無月しぐるる空をながむれば究めなき世となげかれにけり

冬祝

いく夜ねば春ぞといそぐめぐし子《愛ぐしこ》のおよつう《歳を取る》む日を待がたのしさ

春秋＝四季
としのみなと＝年の暮（年のゆき果てるところ）
究めなき世＝物事の本質が見えてこない世の中
めぐし子＝かわいい子
およつうむ日を待つ＝お正月を迎えるうれしさ

廣江立枝子遺稿　呉機　下

恋

恋

人しれぬ思ひにむねはもえながら身をしる雨《涙》に袖はぬれけり

不言恋

くちなし《梔子》の千入にそ《染》めしこころよりいはでのみこそ思ひこがるれ

待恋

こぬ人をまつは久しきねやのとにさし入月のかげ《光》もうらめし

見増恋

みてしよりこころは君が影にのみひしとそふまでなりにける哉

身をしる雨＝自分の身のほどを知る雨、涙
千入にそめし＝たくさんのくちなしの実を入れて染める
いはでのみこそ＝言わなくとも
ねやのと＝寝室の戸
君が影＝君のおもかげ
ひしとそふ＝ぴったりと

片思恋

あはれ《哀》ともおもはぬ人を思ひそめてやるかたもなくまどふこころぞ

思出恋

鳥がねをうらみしよはのむつごと《睦言》ぞ思ひ出となる床のひとりね

不忘恋

紫のねずりのころも《根摺りの衣》色ふかくそめ《染》しこころをわすれかねつも

無他心恋

思ふ夫と思ひかはしてすみ《住》ぬれば思ふ事なきわが世なりけり

寄名所恋

人ごころあすか（枕ことば）の川のふちせ《淵瀬》ともかはらばかはれわれはわすれじ

寄梅恋

咲そむる若木の梅の花よりもみまくのほしき人のおもかげ

寄形見恋

別れては君がかたみに玉のを《命》をかけてはかなく日をこそはふれ

（ながらへて久しく物を思ふより一日もはやく死なむとぞ思ふたね）

おくらしてひとり死なむと思ふとはうたてつれなき君がこころぞ

やるかたもなく＝言いようがない

鳥がね＝朝を告げる鳥

むつごと＝男女のかたらい

根ずりのころも＝紫の根で染めた衣

わすれかねつも＝忘れることができない

思ふ夫＝慕って一緒になった夫

かはらば＝変化するなら

みまくのほしき＝見てほしい、見たい、会いたい

玉のをを＝命を

うたてつれなき＝大層薄情な

（かねてよりあすの別のおもはれて胸くるしくもなりにけるかな　たね）

浅みこそむねくるしくもありぬめれわれは別れにきえぬべきかな

かの男のやどりにいひつかはしける

ふりすててかへる君よりくるしさをふりすてらるる身はいかにせむ

かの男にあひてのち

こひこひてまれに逢みしうれしさは夢かうつつかねてかさめてか

（打とけて逢みしのちの恋しさはなかなかむねぞむすぼほれける　たね）

事ありて、くらきよひしもたのみたる男のもとにみそかにまかりけるに、松をも物せさればいたく道にふみまよひて

君ゆゑと思へばさのみつらからで夜はの山ぢもうれしかりけり

男家にゐさりければ

あひみむとしたひ来ながら片いとのよるかたもなみ泣ぞあかせる

又の日、男かへり来たりけるによべのたぢろぎどもうちかたらひて

みぬ世よりむすびそめけむ下紐は君ならずしてたれにとくべき

ある男とみそかごといひかはしけるころ

ことならば風ともなりてかよひなむ恋しき君がやどのあたりに

身はいかにせむ＝私はどうしたらいいのか

夢かうつつか＝現実なのか

さのみ＝さほど
ゐさりければ＝居ない
片いとの＝寄るにかかる枕詞
よるかたもなみ＝寄る方も無み
又の日＝次の日
よべ＝昨夜
たぢろぎ＝ひるむ
みそかごと＝秘密のこと
ことならば＝事情があれば

（つれもなき人のこころのなるかぜはやどのあたりをすぎてゆくとか　たね）

おなじ男につかはしける

はかなさはいひもかこたしもろともに草葉の露ときえなましかは

（露ならばはかなながらももろともにむすぼほれつつあらましものを　たね）

なみだ川君ゆゑにこそしづめるをふかくもくみてあはれとはみよ

かの男のもとに、みづからのうたをおし絵につくりてやるとて、そのうへにかきつけける

逢までのかたみと君よしのばなむふかき心をうつす手すさみ

来む世をかけて契ける男とすみかはす世と世にゆるされて

まかせずば死なむとこそは思ひしがうれしき中となりにける哉

雑

河水流清

人の世もなず《準》らひ《い》あらぬ早川《（枕ことば）》の清きこころにならはましかは

はかなさは＝あっけない
かこたし＝ぐちを言う
なみだ川＝涙があふれて流れる
ふかくもくみて＝深く思いやる
手すさみ＝手遊び、てあそび
準い＝類すること、似たもの

山家

人とはぬかた山かげのたかむらに世のうきふしをへだててぞすむ

山家松風

のがれ《遁れ》すむ柴の庵りにおとづれて静かにかよふみねの松風

隣家雞

中垣のへだてもおかずかよひ来てわが園がほにあそぶかけ《鶏》かな

京へのぼらむとて赤間が関より舟出しけるとき

ともづなをとくややがてもはやとものせと《早鞆瀬戸》うちすぎていさむ舟人

文字（門司）のかたをみやりて

うら風になびくしほや《汐屋》の夕けむり

といへりければ（からきわざとはみえぬ也けり　たね）

（夕なぎにまかちしじぬきこぎゆけば　たね）

みるみるかはるおきつ島山

周防灘おふほと笘のひまさしのぞきて

山のはにいるさの月のかげ《光》すみて

（ゆくや舟ぢのはてもみえけり　たね）

かた山かげ＝辺鄙な山の陰
たかむら＝竹の林
世のうしふし＝世の中のつらい悲しいこと

わが園がほ＝自分の家のように

まかぢしじぬき＝楫《かじ》を数多取り付ける
大船に真楫繁貫海原を漕ぎ出て渡る月人壮士《おとこ》（万葉集三六一一）

いるさの月＝山に入る月

夜あけの風なみいとたひらかなり

すはふ《周防》なるなだ《灘》のあら波名のみにてゆく舟やすきまほ《真帆》の追かぜ

（くだり来むほどはしられしももつたふ八十の島わをよくみつつゆけ　たね）

打わたすよもの島山みさくればふでもことばもおよばざりけり

行平朝臣の事などいひいつる人あり

わび人のむかししのべばすまのうら《須磨の浦》のそなれ《磯馴れ》松さへゆかしかりけり

別

かへりこむほどをもしらでゆくたびはいとどわかれぞかなしかりける

事ありて夜ふかく家をいでてゆく〳〵

又もてふあひなたのみの露の身は別るるときぞかぎりなるらむ

思ひ人に別るとてかきのこしおける

わがせこに引わかれなば一日だに千年をわたるここちこそせめ

花のころ夫の遠き所にとどこほりゐ玉ひければ

いかで君そのふの花にいそがるるこころをくみてはやかへりませ

まなび子のもとへふみつかはすとて（三、四男　医の学びへ）

はるばると波ぢのよそに別れてもかよふこころはへだてざりけり

名のみ＝名ばかり

ももつたふ＝八十にかかる枕詞

打わたす＝見渡す

みさくれば＝遠くを見やれば

いとど＝いよいよ、ますます

あひなたのみ＝あてにならないたのみ

わがせこに＝夫に語りかける

そのふの花＝わが家の桜

まなび子のもと＝江戸

波ぢのよそ＝海の向こう

武蕃《たけしげ》蘭階法師をともなひてとひ来たるとき（麻生武蕃）
はるばるとぬれて来ませるみやび故はるる軒《ひさし》のころもはるさめ

捨子
あなはかな捨られながらなかぬ子は母にそひねの夢やみるらむ

母のおくつきにまうでて
手向《たむけ》つるしきみ《樒》の露にぬれぬれしそでにわりなくおつる涙か

かりのおやとしける峰子のとじ《刀自》のなくなりにけるとき
立よりてははそのもり《柞の森》のかげとのみたのみしものを散にけるかな

八十賀
あしたづ《鶴（枕）》のふ《経》べき千年も八千年の君がよはひ《齢》にかぞへそへなむ

左のは此集かき清むるとき、思ひ出てかきくはへたるなり

身まかりなむとするとき
晴わたるみ空の風にさそはれてすずしきかたへゆくぞうれしき
しか読みてのち合掌して息たえぬ

みやび＝風流人
あなはかな＝ああ、はかないなあ
おくつき＝御墓
わりなく＝たえがたく
かりのおや＝立枝子結婚の時の親がわり
ははそのもり＝母にかけていう
ふべき＝時が経つ
身まかりなむ＝亡くなるとき
すずしきかたへ＝極楽浄土へ

心ちことになやましかりしほどよめりしよし

君をこそみおくりぬべきわれなるを背けることのあまた悲しき

おのれにとてこの と思へば、声をもたてづべかりしこのくだりの事ども は予が泣血鄙稿に委しく記しおきたり

果園

背けること＝夫より先立つこと

小倉六歌仙五十首和歌集

（抜粋）

「小倉六歌仙五十首和歌集」は、平安初期の和歌の名人、在原業平、僧正遍昭、喜撰法師、大友黒主、文屋康秀、小野小町になぞらえて、小倉藩の歌人の中から、種が選んだ六人の歌を五十首ずつ集めたものである。

小倉六歌仙の六人とは、秋山光彪《あきやまこうひょう》、長田美年《おさだよしとし》、小出正胤《こいでまさたね》、丹羽氏曄《にわうじてる》、西田直養《にしだなおかい》、森戸定旹《もりとさだとき》。種が六十二歳の元治元（一八六四）年、六人の歌を五十首ずつ集め、書き記し、種の他の書き物百余冊と一緒に藩に提出していたと思われる。それが十年を経て、明治七（一八七四）年四月（新暦）に種の手で発刊されている。

歌を集め書き記した時点で、六人の大方は亡くなっている。さらに明治七年、集の成った時点では生存者は種一人となり、また藩も失くなり、六人の歌人の遺族たちも散ってしまった。

種の「あとがき」に「さればこのかぎりのこりとどまりて　はつかにいにしへしのび……」とあるので、種の編んだ「小倉六歌仙五十首和歌集」は、六人の歌人にとっても貴重な一冊となることであろう。

自信を持って六人の歌を集めたが、種にとってこの集を編み発行することは、かなり藩内に気を使っていただろうことが想像できる。しかし、明治も七年になり歌を集めてから十年後の発行には、支障はなかったと思われる。

ここに六歌仙の歌から各々十首ずつを選出し、種の「はしがき」と、十年後発刊の際のあとがきの全文を記すことにする。

はしがき

花鳥月雪のつぎつぎにうつりかはるごとく、人の世も常ならぬならひにして、きのふはけふのいにしへ、けふはあすの昔となりゆきつつ、しのぶにもなほあまりあるうれたみ《憂れ痛む》、たが《誰》うへ《上》にかなからざらむ、さるはことのは《言葉》のあや《綾》の手人のあやしくおり《織》なしたらむ、めでたき錦も、はこ《箱》の底にのみおきふるして、みる人あらずなりなむは、あか《飽》ずくちをしきわざなれば、いかでわが里の六人の大人《うし》たちのをだ《集まり》にと思ひ立つれど、とかくさはり《さまたげ》がちにして、え《否》まかせざりけるを、やう〱文久二年《一八六二》のころあつめえて、かきしるしたるなりけり、おのおの得られたるおもむき《趣》あれば、みだりにまさり《勝り》おとり《劣り》をいふべき事かは、只吾君の御めぐみの涙あまねくながれみちて、みやびにおりたつ《立ち入って事を行う》人々おほ《多》かればこそ、かかるすぐれ人もあまたにはなりぬるをや、おなじしめのうち《藩内》にありて、さりとも《そうであっても》峰の白雲のはるけきよそに、おもひ《思》なしたらむは、このみち《道》にいたりふかしとは、いふべからざらまし、ここにかへりみて、あさき学びのほどをもわすれ、いささか撰ととのへたるを、さしすぐ《出すぎる》したりとて、いたくなあざけりたまひそよ、なほ五年六年のよわひ《齢》をたもたましかば、ひろく国内のかぎりのをもとりつど《集める》へてむとは、玉襷かけずしもあらねど、そはむすびの神さどやいかならまし

元治元年四月朔日

六十二翁　果園のあるじ佐久間たね誌

小倉六歌仙五十首和歌集

森戸《もりと》定旹《さだとき》

早春水

春立《たち》て氷ながるる水のうへにまづゆくものはこころなりけり

春天

大そらにあそぶいとゆふ《かげろう》打《映》はへて長き春日となりにけるかな

夢後子規

おぼつかな夢かあらぬかほととぎすねざめ《寝覚》さそひ《誘》しよは《夜半》の一声

夏月涼

夏の夜は月より風やおちくらむ待得てむかふかげ《月光》のすずしさ

虫声入琴

秋風にかきあはすめる琴のをのほそを《緒》にかよふ松むしの声

森戸定旹（生没年不詳）：安永から天保頃の小倉藩士。平林利左衛門武朝の次男で、幼名は盛之丞といい、後、林戸義明の養子となり、小姓、膳番、小倉新田藩家老を歴任した。新古今調の歌を学んだとされる。

春立つ＝立春

夢かあらぬか＝夢か現実か信じられない様子

かきあはすめる＝琴などを他の楽器に合わせて弾く

山川水鳥

紅にもみぢながれし山川にかもの青羽ぞうきかはりける

雪はいたう降つもりぬるほどなりければ

天雲はかきくらせどもあらがねの《（枕詞）》つちよりしらむ雪の明ぼの

契行末恋

もろともに思ひふかめしつつゐづつ《筒井筒》かりそめにやはかげうつすべき

恋涙

から衣そでのみな《涙にぬれたそで》とのしき波はみぬめにあまるなみだ《涙》なりけり

鼯（むささび）

小雨ふり神さびわたるいやひこ《弥彦神社》の谷ふところにむささびぞなく

秋山光彪《あきやまこうひょう》（福堂）

禁中立春

なやらふ《追儺》と身にとりそへし太刀かをも解《とけ》あへぬまに春は来にけり

江春月

あらがねの（粗金の）＝土にかかる枕詞

つつゐづつ＝筒のように丸く掘った井戸の上部の縁を井の字の形に組んだもの

しき波＝次から次へとしきりに寄せる波

神さびわたる＝こうごうしく見える

秋山光彪（安永四〜天保三・一七七五〜一八三二）：庄兵衛と称し、福堂と号した。小倉藩士原政興の第二子。秋山光一の養嗣子となった。和歌を錦織翁（村田春海）に学び、小笠原公に仕えること三十年、京都留守居役となった。

なやらふ＝おにやらい

入江こぐかいのしづくのぬるめるやおぼろ月夜のさかりなるらむ

老見花

花の香は老木ぞことにあはれなる年を積身もうらまましかは

四月子規

引ならすみあれ《加茂神社》のすずのねもさやになのるか加茂の山ほととぎす

氷室風

さえわたる山かぜながら大君にひむろ《氷室》のみつき《御膳》ささげてしがな

寒流帯月

冬川のいはせにやどる月みれば水もかど《角》あるここちこそすれ

早梅

春またでひもとく梅のいちはやきみやびにまけぬうぐいすもがな

しのびたる人とふたりして

きみが名の立をしまぬ物ならばみきとばかりは世にほこらまし

思ふ事ありけるころ鈴鹿山にて雪降けるをみて

すずか山降くる雪の消《け》もあへぬうき身よいかにならむとすらむ

故殿かくれさせ玉ひける年のやよひ《弥生》の晦日《みそか》に

花鳥にこころもそまずありしかとさすがにをしき春の別れか

あはれなる＝しみじみと心ひかれる

さやに＝さやか、清い様子

いはせ＝岩瀬、石の多い瀬

ひもとく＝蕾がひらく
もがな＝願望

故殿＝旧藩主

西田直養《にしだなおかい》（小竹舎）

早春山

ふじあさま春は烟《けむり》も雪もなしやへ《八重》のかすみのそこにかくれて

山家春月

住わびてうき身をかくす山里のこころにかなふ春の夜の月

行路子規

大路ゆくうま《馬》もくるまも一声に引とどめたるほととぎすかな

竹下納涼

たかむら《篁》や吹くる風のたえまこそ夏なりけりと思ひしらるれ

暁更虫

鳴むしの声の色さへぬれにけり浅茅がはらのつゆ《露》の明ぼの

月前懐旧

人の世ははかなき物よ山のはにいりにし月はまたも出にけり

月前虫

ひさかたの月すむよは《夜半》は鳴むしの声さへみゆるここちこそすれ

西田直養（寛政五～慶応元・一七九三～一八六五）：字は浩然、通称庄三郎、筱舎《ささのや》と号す。小倉藩士高橋元義の第四子に生まれ、西田直亨の養嗣子となる。後、江戸に上り太田錦城に入門、また本居宣長らに教えを受ける。和歌は秋山光彪に学び、藩では勘定奉行元締役、寺社奉行兼町奉行、支藩篠崎公の家老そして京都留守居役となった。

ふじあさま＝富士浅間

夢逢恋

いつまでもさめぬならひの夢ならば逢はうつ《現》にかぎらざらまし

寄石恋

つくしがた《筑紫潟(有明海)》深江の石のふところにさしはさまれてぬる《濡》よしもがな

山家送年

手すさみに栽《うえ》ける物をわが門のしるしの杉となりにける哉

丹羽氏曄《にわうじてる》（雞冠園）

禁中立春

美濃守たきのましみつまつりぬと告る声さへ春めきにけり

花盛

ひさかたの雲はみながら《すべて》あらがね《(枕詞)》のつちにおりたつ花ざかり哉

孤島花

わが国のうちともしらじさつまがたおきの小島に桜さかすは

雨後夏月

丹羽氏曄（天明七〜嘉永五・一七八七〜一八五二）：号は鶏冠園《けいかんえん》、幼名は相馬正躬《そうままさみ》という。小倉藩士近藤助之進司直の子。後に丹羽に改姓し、馬廻を務めた。和歌を秋山光彪に学んだ。著書に『山分衣《やまわけころも》』がある。

夕立のはれゆくあとのたかねよりぬれてぞいづる夏の夜の月

夏朝

今はとてしら《白》むほたるのかげ《ひかり》はみな露になりゆく朝ぼらけ哉

初秋風

人ごころまづうごかしてのちにこそ草木におよべ秋のはつかぜ

海上月

舟は《果》つるつしまの海の深き夜にもろこし《唐土》かけてすめる月かな

雪

かれはてしのべの浅茅のかき葉《一片の葉》までつばらつばらにつもる雪かな

関路雪

みやびをの筆の花とぞなりにける文字《もじ》(門司)の関路にふ《降》れる白雪

隠士出山

思ふ事いはほの中にかくてのみ住はてぬべき君が御世かは

つばらつばらに＝まんべんなく

みやびを＝風流の士

長田美年（金園）

春風春水一時来

水鳥の枕のつららけふ《今日》とけてうは《上》毛ふくなりはるのはつかぜ《初風》

鶯

降雪も空にてきえぬうぐいすのおのがとき得し声のにほひに

帰雁

青柳のいとを雲ぢによりかけてゆくかり《雁》とめよ春のゆうかぜ《夕風》

江青月近人

まばゆさにそでおほふべきここちせり玉江《美しい入江》の水の深き夜の月

月前雁

月みればこころも空になりにけりつばさにのせよ天つかりがね《雁音》

朝霧

朝ぼらけ峰の松ばらあらはれて霧のうへゆくあき《秋》のたび《旅》人

霧ふかき山路をたび人ゆく

夕霧におくるる人やまど《迷》ふらむよび《呼》つつこえよ田子のよび坂

長田美年（安永三〜安政四・一七七四〜一八五七）：号は金園《あきその》、幼名は卯一郎。小倉藩士長田忠兵衛朝寛《ともひろ》の子として生まれる。二歳で家督を相続、御右筆勤、御書院御通番を歴任。和歌を秋山光彪に学んだ。

おのがとき得し＝自分にとっての好い時である

青柳＝春の芽吹きの頃の柳

杜時雨

しぐれにも立かくれけりほととぎす待やすらひしかた《固》をり《織》のもり《杜》

枯野曙

霧白き小ざさがくまにとびかひてささぎし《みそさざい》はなく野べの明ぼの

七夕恋

たなばたに手《た》むくといひてかぢの葉に私事《わたくしごと》もかきやかはさむ

小出正胤《こいでまさたね》

春色浮水

押並て野べの小草のもえ《萌え》ぬれば浅さは水ぞまづけぶるなる

屏風の画に三月山に桜さけり松などあり

松風もおとせぬ空ののどけさにおのれとかをる山さくらかな

蕨を折て都なる人におくるとて

ひとりのみえやはみ山のはつわらびまづめづらしき春のしるしを

小出正胤（安永四～天保十三・一七七七～一八四二）：正胤は号で、名は段蔵という。十八歳で小倉藩士小出松右衛門の跡を継ぎ京都郡筋奉行となる。その後、企救郡、仲津郡の筋奉行などを務めた。国学に通じ、歌舞や武芸にも優れていたと伝えられる。

押並べて＝すべて一様に

おのれとかをる＝自然に香る

ひとりのみえやは＝どうして自分一人のものにできようか

市子規

かしまし市路は物にまぎれつついとどおぼめく《ほのめく》ほととぎすかな

氷室

大君のみかげに夏の日をさへて氷のみつぎ《貢》けふはこふ《請》なり

杜夏祓

人がたにつみも暑さもはらへ《祓》つけてわが身すずしきもりの下かげ

二星適逢

いかなれば桐の一葉をたなばたの逢夜の数と算《かぞえ》そめけむ

船中月

ひさかたの月の桂のおひ《追》風に舟をまかせてあそぶよは《夜半》かな

待恋

さのみはと思ふこころをささがに《（枕詞）》のいとにかけつつまつもはかなし

たましひも身にとどまらずといひおこせける人に

ことのは《言葉》の上にのみおく露の玉あだにもたれかむすびとむべき

あとがき

こたび国より、おのが家の集のしたがき百余冊おくりつかはしける中に、此集交りいたり、はし詞《がき》にいへるごとく、常なき世のならひ、豊浦のうら風吹あらひて、わが里はむかしにもあらずなりにければ、六人の家の集もさだめてほろ《滅》びけるなるべし、さればこのかぎりのこり《遺り》とどまりて、はつかにいにしへ《古へ》しぬび《忍》のくさば《草葉》びとはなれるなり、さて世の中大変りにかはりぬれば、国中のをと《彼方・弟》おもひつるも、浮雲のあとなくなり、友だちはた大かたうせはてて、今はたれにかこととひ《言問》すべき、うれにはかに思ひおこして、老の肘のなえぐをつとめ、さらにかききよめて、兵庫の里の思ふどちへわかち《分ち》おくる《送る》は、いかにこのわたりにだにとどめおきてむとてなり

明治七年新暦四月　　七十二翁たねしるす

資　料

歌聖　佐久間種の遺蹟

辛島並明

今年九月上旬に、市役所の仲前氏が郷土史調査のため、歌人佐久間種の墓所の所在について拙宅を訪れてきた。

豊前市宇島、佐久間山、一名教校山に妻広江松琴の墓と並立して埋葬してある。

先年小今井家では、叢のこの墓地を掃除する人がないといって取り除けるよう要請があった。この事に困った佐久間の後裔者から私が伝え聞いたので、小今井家に対し因縁のあった筈を説明して諒解を得たわけであるが、其後この歌人の当所に於ける関係などを調べて見た。

佐久間果園《かえん》種次郎は、享和三年東小倉松岡敦盈《あつみつ》の子として生れ、十一歳の時に藩士佐久間文作の養子となった。長ずるに及んで、藩庁の時流に容れらずに家を閉し、天保十年三十七歳で諸国流浪の旅に出て、居を転々と移したことが十余カ所もあったと伝えられている。

嘉永三年八月、四十六歳の時、長門国矢玉浦から人の世話によって上毛郡八屋村三本松松岡亭に立枝夫人と移住することになった。其の時の感想に……

三本松の松岡亭は老松が繁りこの間に桜樹点綴し後に犬ケ岳、求菩提の山脈連互、前は渺々たる周防灘に臨みながらの別天地の住居であったとある。宇島町家や農家の子弟数十人が習字の稽古に通い、歌道の講議歌会等の添削批評もするなどで暮し、立枝夫人も詠歌を能くしながら裁縫の弟子も養成、長男虎彦、二男舜一郎を抱えた外当所で三男彪雄、四男のちの末吉四郎が生れ多人数のために経済的には困難な生活となった。夫人は仲々能く仂いたものだと伝えられている。

右の様に転居した十ケ所とは小倉、八屋、播州、兵庫、岡山、大阪、東京、長野、横須賀といった外に、宇佐郡乙女村の熊埜御堂《くまのみどう》家にはよく行って書いたもの。安政四年十二月は三潴郡蛭池の宮崎敦宅を訪い、同六年七月は豊後の鉄輪（別府）直江家に、温泉入湯のかたわら相当長く滞在した様である。

最後は明治二十五年三月、東海道堀の内にて九十歳の高齢で病没。遺骨を宇島佐久間山の小今井家墓地の妻立枝（松琴）の墓に並べたもの。

郷土史上に知られた歌聖の遺稿は本郡に数多くあり、鉄輪温泉中祖の元、直江家に滞在中の長歌に記してあるのが

吾ぬしの意の万々《まま》のやど里《り》とは神のゆる勢《せ》る名こそありけれ

乙女の下庄屋、熊埜御堂家には沢山の遺稿があるがこの内に

浪速風《なにわかぜ》あしにそよぎて舟屋形すずしくなりぬ秋立らしも

立枝夫人の墓に刻んだのに、「文久元年八月二十六日四十八歳で没する」がある。

昭和三十四年九月二十日墓地を訪ねた佐久間種次郎の後裔に、種次郎の四男末吉四郎の孫に当る平井正吾という人があって私はこの時案内してから神職によって墓石を祈禱した。

（新聞名不詳）

豊前の国学者佐久間種の和歌を集む

昨年より、くろつち短歌会『藍』の制作でお世話になっている築上印刷所は、以前は豊前市内八屋にありました。

昭和四年（一九二九）に「築上新聞」を創刊した大江俊明氏（明治二十七〜昭和二十九）は、社長として不偏・不党を旗印に「社会の先覚者」の気概を以て健筆を振るった、と『豊前市史』に出てくる。また、郷土の政治・経済・文化・福祉のあらゆる方面にその抱負を実践し、ことに文化記事には多くの紙面を割き、熱い心を持って郷土を盛り立てていった人物である、と紹介されている。

私の手許にあるのは、昭和十四年（一九三九）の「築上新聞」の記事であったが、それ以前から紙上では佐久間種の和歌は集められていたと思われる。

大江社長の呼びかけの記事により、京築の書蔵家からつぎつぎと佐久間種の歌が集まってきた。その中には、「果園雑咏百首」の中に納められた歌もいくつかある。

新聞に掲載された記事をそのままここに転載する。

豊前の国学者佐久間種の和歌を集む

豊前の国学者、佐久間種（果園）及其夫人佐久間立枝子（広江小琴）の墓碑は八屋町宇島駅南三丁小今井潤治翁の銅像より南数十間、小今井墓地に隣して訪ふ人もなく帰苔に斃れんとして居る。種は、私詠の歌詞を世に公にすることを欲せず、為に散佚して今や没せむとす。本社は将来、種の和歌集を上梓せむとす、願くば世の種和歌書蔵家は、切に本社の企画に賛せられ、御通知あらむことを

大江俊明

築上新聞附録（昭和十四年十一月十三日）

また同日の記事に、「塾生を戒む」として佐久間種が塾生に宛てて書かれた文章も載っている（この文章は明治十三（一九三八）年三月に書かれている。種七十八歳）。

塾生を戒む

古文の勧学の文に、来日ありといふ勿れ、来年あるといふ勿れ、日月ゆきぬ、年われと延びずといへり、塾中諸君よ、課業の時間は僅の事にて、其余は各あだあだいひて日を立つるのみ、百年も生きてをる積りかは知らねど、ここへ百年百五十年長生しても、世上はいつも二八月に定月夜といふやうに、暇無事にて居る物にあらず、其中には西南戦争のやうなる事、明日にも

起るも知られず、もしも戦争の地になりては、ああ遁かうにげ災難をよくるに打かかりきて所詮学問してをる間はなき事なるべし、又病難なしともたのみがたく、又女房を持子が出来ては渡世の心配ある事や、されば此平穏なる時節を失はずとしのよらざる中に日の分陰を惜むとて、日かげの一分ずつ傾ぐのをも惜みてよそ目をもせず出精すべき事や、阿房なるはなしをし、つまらぬいさかひをして追まはしたりにげまはりたり、床のおつるほど飛びありきて大切な米をくひ、をしき日を立つる事は、いかにも馬鹿げたる事なるを、なほよき気になりてのらくらしてをるうちに、いつのまにやら年をとりて、何の仕出したる事もなく娑婆ふざけごくつぶしと、人につまはじきして笑はるるを面目なりと思はるるや、無い知恵は歯ぎしみをしても出ぬと言へるごとし、此くらいのことがしれぬといふは、さてさて気の毒千万なる事也、中には声がはりする位年をとられたる向もあるに、やはり十歳未満の子供のやうに思慮分別もないといふは、笑止なることにあらずや、是ほど諸君の身のためをいってきかせても、耳の巣があかねばむだ事なりとはおもへども、折角学問をするとて入塾しをらるる角事ゆえ、いいはどうなりとなり居らうと、打やつておくは不親切故、■費手間費をかまはず書付て見するや実に歎一歎

果園

明治十三年三月

築上新聞社へ寄せられた、佐久間種の歌

昭和九年六月十五日掲載

四首　尻高　中村氏蔵（中村碩蔵）

大かたにのこる町なく植はてて田歌ともしくなりにけるかな

のさかりに分る末野のかや原はあつさのこもる所なりけり

打むかふ人の心にくだかせてはなぞそよめく春の山風

かきくらす雲なき空のむら時雨風よりも降る物とこそみれ

四首　神崎　勲氏蔵

丈夫が雪ふみ分て狩すなりたつ野のみちいそぐなるなむ

妹と猶そひねしたかとおもふまでうつり香うせぬ小夜ころもかな

天のとの明行みれば石間戸のかみも水鶏《くいな》の声にさめけむ

香山の五百枝榊真榊まさきくてみよしろしめせ光る日の御子

昭和十四年三月二十七日

黒土村　鬼木　誓氏蔵

千まち田はとるや早苗の束のまに緑なびきて朝風ぞ吹

東吉富村　岡 為造氏蔵
のがれ来てかくれし草の庵にはそそぐ雨さえ音せざりけり
昭和十四年十月九日

三首　黒土村　富永可山氏蔵
村雨のふる夜のむしの声きけば秋はかぎりの心こそすれ
○とちる花の日数を短かしとおもふはあかぬあまりなりけり
月やどるしのぶの露もおつばかりふせやの軒にころもうつなり

三首　横武村　恒遠麟次氏蔵
（恒遠梅村）
つもりぬとみればはらひて松風は雪のはなにもつれなかりけり
故郷の軒のははそをいかに○○たびの空なる秋のはつかぜ
山さとの門田のくろのさしうつ木はなさくころぞ夏はをかしき
昭和十四年五月二十二日

四首　友枝村　吉村鉄臣氏蔵
むかし見し賤が松携年をへて陰たのむべく成にける哉
夕風はをささにのみぞ吹物を人を思ひの何うごくらむ

子規ほのかに聞し一声のなごりをかしき明くれの空
思ふことそらにも見ゆる心ちして向ひくるしき秋の夜の月
一首黒土村　島田硯之助氏蔵
われぱかり花にうかると思う野のひばりも雲になりにける哉

西角田村　本丸旭兒氏蔵
森繁幹翁に寄贈する長歌並に短歌
八十一翁　種
足引の山は崩ねど、勇魚取《いさな》海は涸ねど、世の中はかはりにかはり、人心昔にあらず愛《いとし》やしうから族《うから》は、遠近に散放りをり、子孫はあまたあれども、爰《ここ》ぞ汝が終《つい》の栖《すみか》と、購ひ得し伏屋も持たず、浮草の根かからずて大船のたのみしなれば、わりいつつ、百とせを待ゆ外なし、春の花秋の月夜の、をりをりは友恋しきを、もたらをと思ふは老翁の、外に又一人ありやは、其老翁はしたふかひな、白雲のやへをるよその、碧《へき》なみの千重へだりたる、梓弓《あづさゆみ》引豊国と、真金《まがね》ふく吉備《きび》の国へと、はろばろに別れて住めば、ただにあふたつきもしらず、まさかたに問《と》はまくほるを、いかで老翁つがひはなれぬ鳥の名のをしとのらさす、遠つ人かりのたよりに、一言を寄せむことこそ、われはただまて
反歌

一ことを千千のたかねとわれはまつすだ川水《角田》にふみてぬらさね

＊森繁幹翁、森（毛里）庄三郎、号繁幹、築城郡中村の人、晩年は黙翁と号した。国学に通じ和歌もよくしたといわれている。佐久間種と親交あり、繁幹の歌集『石端響』の序文は佐久間種が書いたという。明治二十四年、九十五歳で没した。（『豊前市史』）

年をへてふとりやまずば此松よ八尋の海の梁になるべく
山住のおのづからなる門松にしめ引はへて春やまたまし
冬知らぬ榾《ほだ》のたき火のあたりにはのどかに年や積やそふらん
はしたか《はいたか》のふさの鈴のさやさやと霰降りきぬみかりのく原
脱すてし民寒けんの詔《のり》まして御代しのばるる夜半の小衾《こぶすま》
月雲にくらぶとすれどのどけさはたぐひあらじの山ざくら花

（則本正泰編「国学者　佐久間種」より）

佐久間種の書

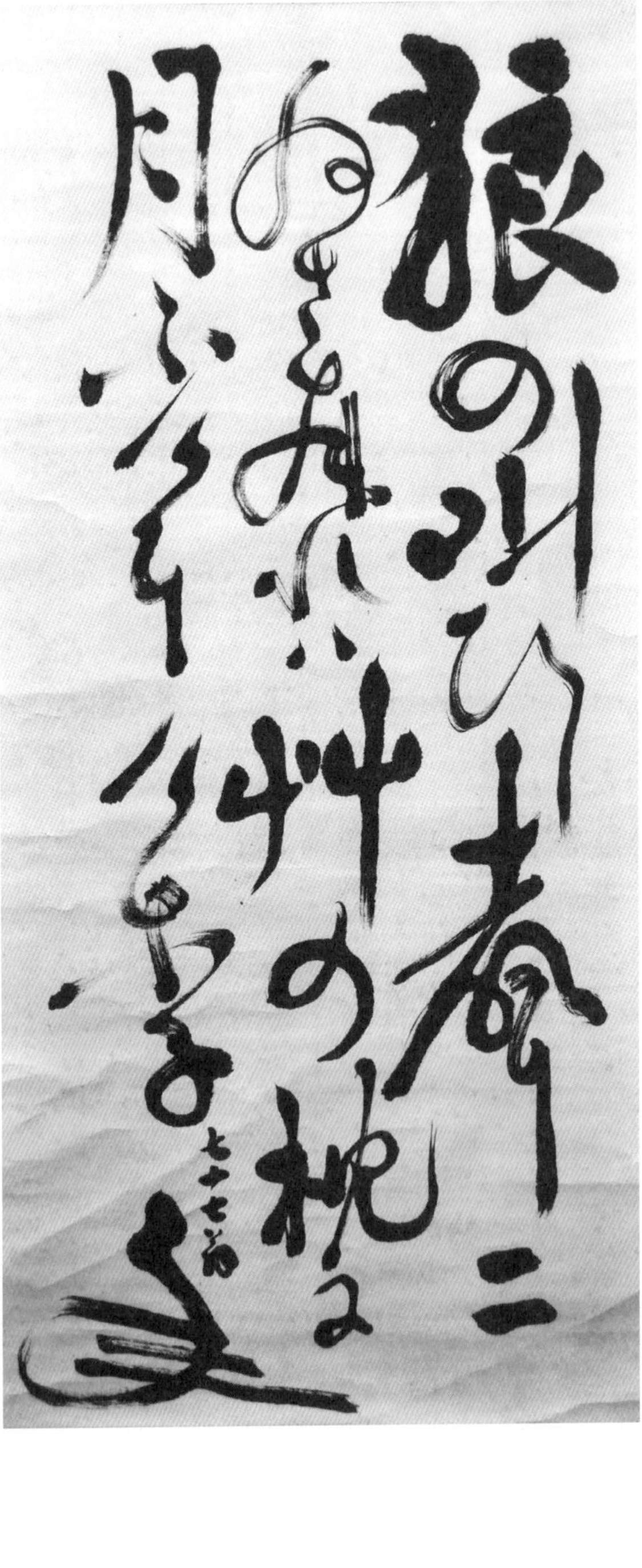

（藤井悦子蔵）

狼の叫ひし聲にゐさむれは艸の枕に月ふけにけり

七十七翁　多年《たね》

【釈】狼の叫ぶ声に眼を覚《さ》ませば旅寝の空に月が傾いていることよ。旅寝の寂しさを詠んだ歌であろう。

佐久間種は長歌を得意とし、細字作品を多く目にしたが、この幅のような短歌の大字作品は珍しいのではないかと思う。

種の短冊に認《したた》めた短歌や長歌の幅は、繊細なかにキラリと澄んだ宝石のように、そして連綿線は絹の糸がゆるやかに絡んだように流れている。

彼は国学を学び、日本人の持つ細やかな心根があるが、一方では長州との戦いでは赤心隊の隊長として敵陣に斬り込んでいったといわれるように〝武士の魂〟を秘めているのである。この幅はまさに武士の魂が表出したものではないかと感じるのである。

種の面目躍如たるものがここにある。　棚田看山

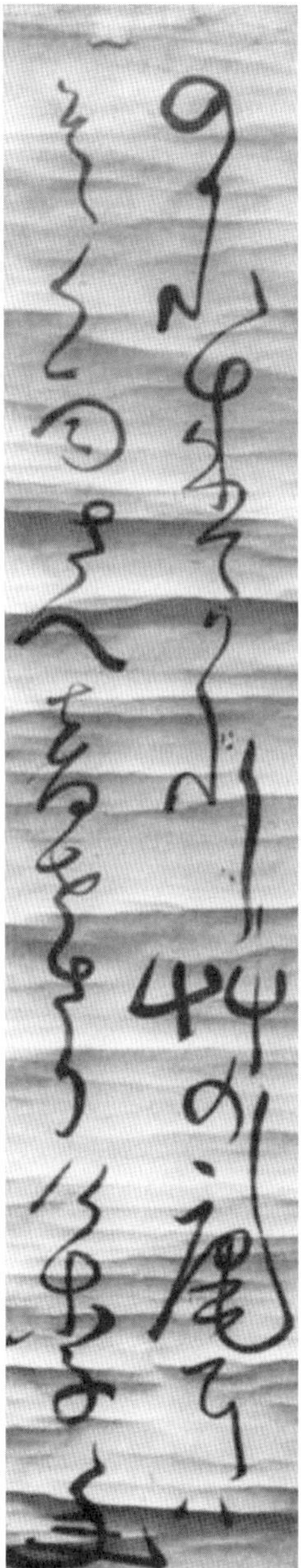

のがれ来てかくれし艸の庵には
そそぐ雨さへ音せざりけり　たね
（尾座本雅光氏蔵）

篠崎八景

紫丘晴嵐
川の瀬の瀬音通ひて紫の丘はあらしの晴れぬ日そなき　秋山光彪

足立夕照
足立のや寺は紅葉の夕はえにつき忘れたる入相の鐘　長田美年

檣山落月
真夜あらし追手ふかぬに月の舟帆柱山になにいそぐらん　佐久間　種

洲崎夜雨
川のせの洲崎の森は晴し夜の月にも雨の声は有なり　定村直孝

片野落雁
遠けれどあはれとぞ聞豊国の落る片野の原の雁かね　三位有功公

菊浜帰帆
菊花浦外望氤氳　積氷波晴照碧雲
淡靄徴（ママ）風茫渺　帰帆点々帯斜曛　石川彦岳

富野暮雪
積りつゝ彌面白くながめにも富野の里の雪の夕暮　西田直養

清水寺晩鐘
夕気たく里の煙になひけるは清水寺の入合のかね　丹羽氏曄

（『豊前』第二号、小倉郷土会、昭和十年十一月十日刊）

▲現北九州市小倉北区篠崎を詠む。小倉藩の支藩・小倉新田藩の藩主は篠崎に住んでいたため、「篠崎公」と呼ばれた。

大正時代の歌会（宇島鉄道終点の有野の駅舎にて）
宇島鉄道（1914～36年）は宇島駅から上毛町有野（耶馬渓駅）までの約18キロを走った。今も有野に駅舎が残る。

佐久間種と立枝子の墓所

豊前市教校（松岡山）の松岡亭跡にある松岡典則（青木植吉）夫妻の墓（右手）と佐久間種・廣江立枝子（松琴）夫妻の墓（左手）

廣江松琴（立枝子）墓と果園佐久間種墓

佐久間種夫妻が住んだ豊前市教校（松岡山）の松岡亭跡にて

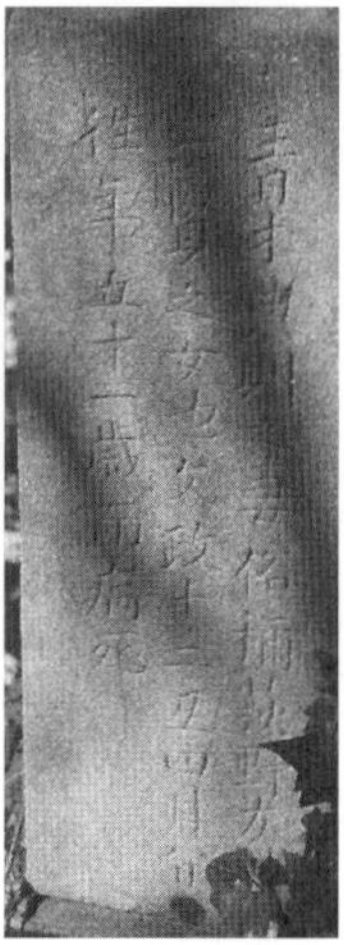

妙薫信女の墓の裏面
青木典則之妻俗称萩野方
宗賢（友枝氏）之女也　文政十二年四月八日
往年五十一歳而病死

松岡翁（青木典則）の墓

松岡翁の墓の左側面に刻書された和歌・俳句
櫃柏《かしわ》雲叶く夏の朝ぼらけ　左萍《へいびょう》
おくれじと後をたのまぬ老の身も
うううる早苗はおもふ子の為

松岡翁之墓

翁諱典則字君貽姓青木豊小倉人家世為里正幼有奇志受業野本先生年弱冠為上毛郡大村里正有治効移為岸井里正十又五年老居同郡三本松号左萍《（へい・びょう）》初翁卜此地曰北瀕海西至小倉東至中津置一村商賈接踵轉輸皆便後知郡某截海為嶼瀬作屋竟成一村落所謂宇嶋也離宇嶋數十歩松樹扶疎間見茅茨則翁卜居之地也天資淳静未嘗疾言遽色喜容□《（二カ）》無賢愚皆盡其歓学国詩於秋山氏受俳歌文什房旁好画及挿花家居常以自娯天保庚子六月廿三日卒于家年六十三葬宅側謚信澄娶友枝氏先没二男一女長曰信則嗣後豊吉原氏季曰雄道嗣糒村田氏女嫁麻生氏卒之明月三子謀樹石表其墓請銘於□余與翁萬相知不敢拒也即銘之曰

墳之穹隆　□水□□
□人所施　既安且吉

翁、諱《いみな》（実名）は典則、字《あざな》は君貽、姓は青木、豊の小倉人なり、家世《かせい》は里正《りせい》（村長、庄屋）たり。幼にして奇志あり。業を野本先生に受け、年弱冠にして上毛郡大村の里正たり、治効あり。移りて岸井の里正たること十又五年、老いて同郡三本松に居し、左萍と号す。初め翁此地を卜《ぼく》して曰く、北は海に瀕し、西は小倉に至り東は中津に至る、一村を置き、商賈踵を接し、轉輸すれば皆便ならんと。後知郡某海を截り嶼瀬となし、屋を作り、竟に一村落と成る、所謂宇嶋なり。宇嶋を離ること數十歩、松樹扶疎の間に茅茨を見れば、則ち翁の卜居の地なり。天資淳静にして未だ嘗て疾言遽色なし。喜容に賢愚なく、皆其歓を盡す。国詩を秋山氏に学び、俳歌を文什房の旁に受く。画を好み、挿花に及ぶ、家に居るに常に自娯を以てす。天保庚子（一八四〇年）六月廿三日家において卒《そつ》す。年六十三。宅側に葬る。謚《おくりな》信澄。友枝氏を娶るも先に没す。二男一女、長は信則と曰い、豊後の吉原氏を嗣ぐ。季は雄道と曰い、糒の村田氏を嗣ぐ。女は麻生氏に嫁す。卒の明月、三子謀りて石を樹て、その墓を表す、請銘於余□與翁萬相知、敢えて拒まざるなり。即ちこれを銘して曰く

墳之穹隆　□水□□
□人所施　既安且吉

佐久間種と立枝子の略家系図

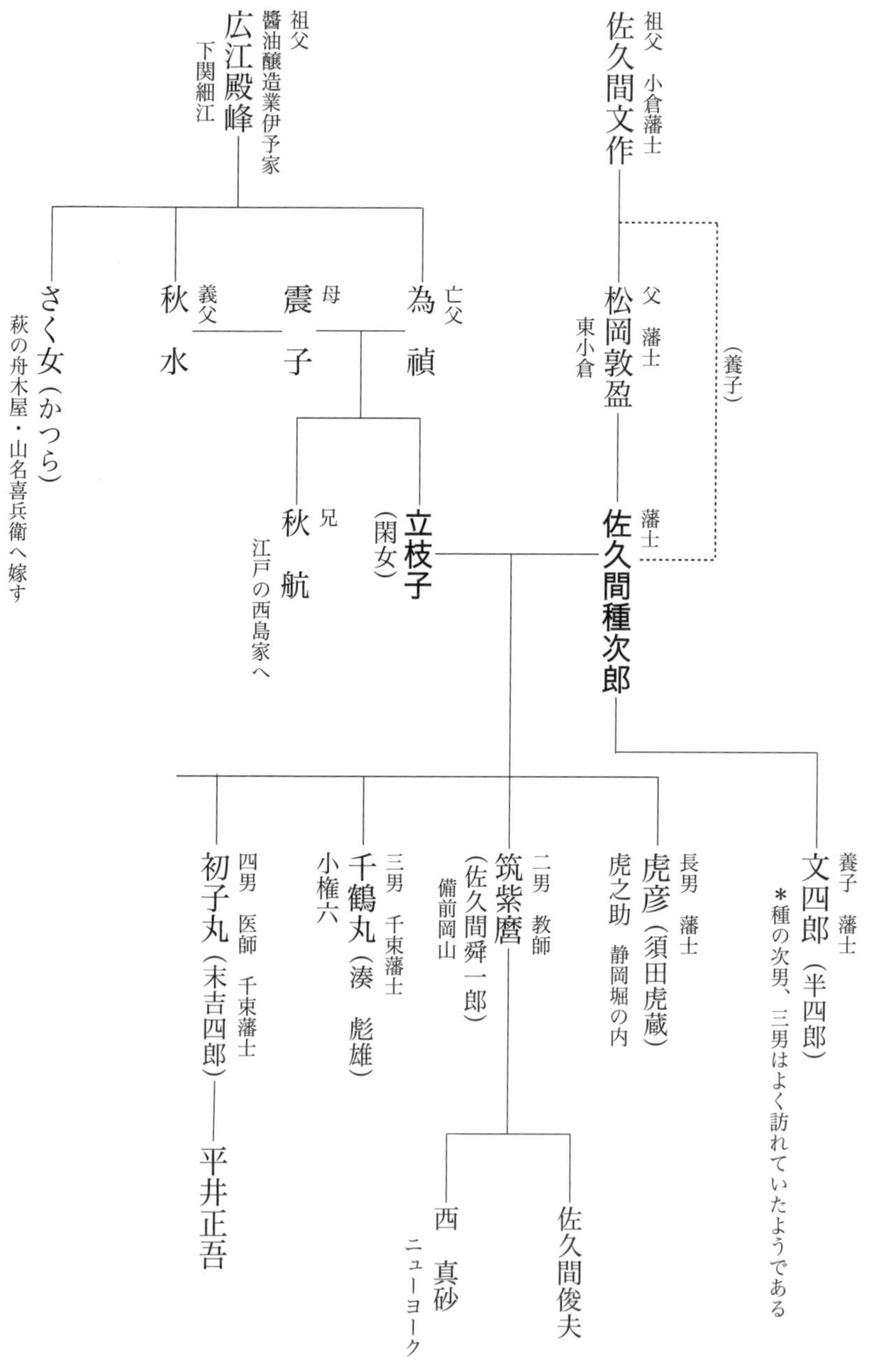
祖父 小倉藩士
佐久間文作
父 藩士
東小倉
松岡敦盈
(養子)
藩士
佐久間種次郎
祖父
醤油醸造業伊予家
下関細江
広江殿峰
亡父
為禎
母
震子
義父
秋水
さく女(かつら)
萩の舟木屋・山名喜兵衛へ嫁す
立枝子
(閑女)
兄
秋航
江戸の西島家へ
養子 藩士
文四郎(半四郎)
*種の次男、三男はよく訪れていたようである
長男 藩士
虎彦(須田虎蔵)
虎之助 静岡堀の内
二男 教師
筑紫麿
(佐久間舜一郎)
備前岡山
三男 千束藩士
千鶴丸(湊 彪雄)
小権六
四男 医師 千束藩士
初子丸(末吉四郎)
平井正吾
佐久間俊夫
西 真砂
ニューヨーク

佐久間種と家族の略年譜

西暦（和暦）	種の年齢	佐久間種（果園）と家族関連事項	小倉藩内外の出来事
一八〇三（享和3）	1歳	12月26日、小倉藩士松岡敦盈の二男として東小倉に生まれる	一八一〇（文化7）～一一（文化8）年、伊能忠敬の測量隊、豊前地方へ
一八一四（文化11）	11歳	同藩の佐久間文作（祖父）の養子となる 8月2日、広江立枝子、馬関細江町（下関市）伊予屋広江家（醤油醸造業）に生まれる	
一八二一（文政4）			宇島築港に着手
一八二三（文政6）	20歳	松岡敦盈（種の父）死去	小宮民部生まる
一八二四（文政7）			恒遠醒窓、薬師寺村に蔵春園を開く
一八二五（文政8）			幕府、諸大名に外国船打払令を出す 宇島港の三波土完成
一八三三（天保4）			島村志津摩生まる
一八三四（天保5）			本居豊穎生まる

一八三六（天保7）			大凶作となり、京築地方では草木の葉や根を食べたという
一八三八（天保9）			この年の凶作のため上毛郡六カ村の農民が連合して逃散
一八三九（天保10）	37歳	種は家督を養子半之介（文四郎）に譲り、各地の友人の元へ、国学・短歌交流の旅に出る 10月、岡田立枝子（26歳）、詠草の添削のため、添田地方に滞在中の種の元を訪れる	
一八四〇（天保11）	38歳	1月、岡田立枝子、岡田家を出て、種の元へしばらく実家・広江家に身を寄せる 11月、西楽寺住職夫妻により、種と立枝子結婚 12月、年の暮れ、二人で京都へ（船中、二人の唱和した歌が『廣江立枝子遺稿　呉機』に載る）	八屋三本松（松岡山）青木典則亡くなる
一八四二（天保13）	40歳	山口県・長州に住む	外国船打払令をやめ、薪水食糧の給与令を出す 小倉藩では海岸防備のため、十五門の大砲を鋳造する
一八四三（天保14）	41歳	1月、長男虎彦（のちの須田虎蔵）生まれる（立枝子30歳） 一家は遠賀穴生（北九州市）へ 立枝子、病床に就く（七十日余）	3月27日、香川景樹没す（76歳） 小倉藩主忠固亡くなる
一八四六（弘化3）	44歳	8月、二男筑紫麻呂（のちの舜一郎）生まれる 種の開いた塾が繁盛する	

一八四七（弘化4）	45歳	一家は下関へ	
一八四八（嘉永元）	46歳	一家は長門の矢玉浦へ、種は塾を開く 塾は繁盛するも、種は歌友の元へ旅に出る 立枝子（35歳）、女子に裁縫を教え、若者の勉強も見る	
一八五〇（嘉永3）	48歳	8月、門人らの誘いにより、豊前上毛郡八屋・三本松・松岡山（松岡亭。青木典則の旧宅）に落ち着く	
一八五一（嘉永4）	49歳	種、日田地方の歌友の元へ旅に出る	
一八五二（嘉永5）	50歳	三男千鶴丸（湊彪雄）生まる（立枝子39歳）	島村志津摩（20歳）、家老となる
一八五三（嘉永6）	51歳	田燕（浪速の水流主人）著『古今南画要覧』に立枝子（松琴）の画有り	6月3日、ペリー、浦賀沖来航 小宮民部家老となる
一八五四（安政元）	52歳		小倉藩、種痘を実施 ペリー再来航、横浜村の警備を小倉藩が受持
一八五五（安政2）	53歳	春、一家で椎原へ花見に行く。生涯でただ一度の行楽であった	
一八五六（安政3）	54歳	四男初子丸（末吉四郎）生まる（立枝子43歳）	

一八五八（安政5）	56歳	今井津須佐神社の片山豊樹の求めにより「春霞帖」を制作する	幕府、絵跡制を廃止 安政の大獄始まる
一八六一（文久元）	59歳	8月26日、立枝子病没（48歳）、永照院秋月妙円大姉、導師宝福寺吐南禅師 種は豊後鶴崎より急ぎ23日帰宅 長男19歳、二男16歳、三男9歳、四男6歳	種の教え子熊谷房義生まる（吉富町） よる波にうちみがかれて秋風の吹出の浜に照れる月かな　房義 5月、福岡藩士月形洗蔵、古賀村に幽閉（辛酉の獄）
一八六二（文久二）	60歳		4月、平野国臣、幽閉（桝木屋の獄）
一八六三（文久3）	61歳	1月、種と子らは豊前を去って小倉へ	長州藩、騎兵隊を編成、6月、田の浦を占拠さる 望東尼、大坂への途次で西田直養を訪れ、歌を詠む「なみのとの高き君が名きくの浜うちこえてあふ今日のうれしさ」
一八六四（元治元）	62歳	種、「小倉六歌仙五十首和歌集」を編む、四月朔日の序文あり	9月6日、小倉藩主小笠原忠幹病死 種の選んだ小倉六歌仙の人々＝長田美年（一七七四〜一八五七）、秋山光彪（一七七五〜一八三三）、小出正胤（一七七七〜一八四二）、丹羽氏曄（一七八七〜一八五二）、西田直養（一七九二〜一八六五）、森戸定旹《とき》（生没年不詳）
一八六五（慶応元）	63歳	種、討長の役に参戦する	11月14日、望東尼（60歳）、姫島へ流罪

一八六六（慶応2）	64歳	小倉・広寿山福聚禅寺の末寺・全機庵の拙門和尚の所に寄宿 8月、種、四郎と共に田川・柳武甚三郎宅へ落ち延びる	豊長戦争で小倉城落城、長州の軍艦が宇島を砲撃 9月1日、小倉藩庁香春移転 10月14日、大政奉還
一八六七（慶応3）	65歳	8月、立枝子の七回忌を営む 12月、墓碑が出来上がる	1月27日、和議、戦終う 正岡子規生まる 野村望東尼没（62歳）
一八六八（慶応4・明治元）			小倉藩、奥州に出兵 福岡の歌人大隅言道没 仲津郡錦原知藩事小笠原忠忱、藩庁に入る
一八七〇（明治3）	68歳	京都郡宰に任ぜられるが持論入れられず、辞表を出すこと四回、ようやく許される	藩庁を豊津に移す（豊津藩） 歌会始再興
一八七一（明治4）	69歳		高橋庄蔵、岸井手永の大庄屋となる
一八七三（明治6）	71歳	次男舜一郎、上村（東上）小学校の主査となる	与謝野鉄幹（一八七三～一九三五）生まる 歌会始1月18日、国民一般の詠進
一八七四（明治7）	72歳	4月、種、『小倉六歌仙五十首和歌集』成る 『廣江立枝子遺稿 呉機』上・下二冊 8月、立枝子の十三回忌法要	佐賀の乱に小倉藩の戦死者あり
一八七六（明治9）			8月18日、島村志津摩没（四四歳）
一八七七（明治10）			西南戦争

一八七八（明治11）			与謝野晶子（一八七八～一九四二）生まる
一八七九（明治12）	77歳	1月、『果園雑咏百首』佐久間種次郎	小今井乗桂校設（浄土真宗私立大学）
一八八五（明治18）	83歳	立枝子の二十五回忌法要	明治19年、木辺峠に志津摩の碑建立
一八八七（明治20）			国学和歌改良論 痘瘡、郡内に流行する
一八八八（明治21）			国学和歌改良不可論 矢方池起工（明治33年竣工）
一八九一（明治24）	89歳		10月、高橋庄蔵没
一八九二（明治25）	90歳	3月1日、種没。旅の途上、遠江国堀の内の長男の家で生涯を終う（静岡）	赤痢患者多し（明治24～27年）
一八九三（明治26）			短歌革新の声起こる
一九一四（大正3）			宇島鉄道全線開通
一九五五（昭和30）			豊前市発足
一九五九（昭和34）		9月20日、種の四男四郎の孫平井正吾、曽祖父母の墓を訪い来る（辛島並明氏案内をする）	

■参考資料

「佐久間種　変動日記 下」佐久間種（井出子常写）、北九州市立中央図書館蔵
「小倉六歌仙五十首和歌集」佐久間種、北九州市立中央図書館蔵
「郷土再発見シリーズ（その1） 国学者 佐久間種」則本正泰編、一九八九年

『江戸時代女流文芸史 俳諧・和歌・漢詩編』前田淑、笠間書院、一九九九年
『日本の近世 15 女性の近世』林玲子編、中央公論社、一九九三年
『小倉藩の逆襲――豊前国歴史奇譚』小野剛史、花乱社、二〇一九年
『日本の詩歌』高村光太郎編、毎日新聞社、一九六七年
『香川景樹』兼清正徳、吉川弘文館、一九八八年
『野村望東尼――ひとすじの道をまもらば』谷川佳枝子、花乱社、二〇一一年
『ふるさと豊前 人物再発見』求菩提資料館、二〇一五年
『万葉集精釈』尾崎暢殃、加藤中道館、一九六三年
『角川日本地名大辞典 福岡県』角川書店、一九八八年
『大宇佐郡史論』小野精一編、宇佐市役所、一九七三年（初版：一九三一年）
『改訂 愁風小倉城』原田茂安、自由社会人社、一九八七年（初版：一九六五年）
『下毛郡史』山本艸堂編、歴史図書社、一九七七年
『豊前市史』豊前市史編纂委員会編、豊前市、一九九一―九三年
『大平村誌』大平村史編集委員会編、一九八六年

『吉富町史』「吉富町史」編さん室編、一九八三年
短歌雑誌『藍』くろつち短歌会発行

あとがき

私は今、『果園雑咏百首』と出合った図書館で、月二回「古文書講座」を受講しています。講師の山本武弘先生からは、この本のために丁寧な序文をいただきました。また、幕末当時の八屋三本松の丘の周辺の様子を書いて下さっています。ありがとうございました。そして教室の皆さんにも何かと協力していただいています。豊前市立図書館の館長はじめ職員の方々にも色々と便宜を図っていただき、ここまで辿り着くことができました。

佐久間種の書幅について、思いがけなく感想を寄せて下さいました書家の棚田看山氏。種の歌の中に、武士の魂を秘めているのではないか、と感じとっておられます。まさに種の魂がよみがえったような気がいたしました。ありがとうございました。

種関連の沢山の資料について教えて下さいました尾座本雅光氏。

光畑浩治氏には、何かにつけ相談させていただきました。

ご祖父様の辛島並明氏のことで貴重なお話を伺った辛島昌夫氏、則本正泰氏のご遺族の方々、本当にありがとうございました。

築上印刷さんには、「築上新聞」の記事の転載をさせていただきました。これからもよろしくお願いいたします。

宇島鉄道研究会の末延啓二さんには、終点駅舎有野での短歌会の様子を写した写真を用意していただきました。大変興味深いものでした。

私の所属している「くろつち短歌会」の安仲年枝氏、彩音まさき編集長はじめ会員の皆さんには、『藍』への私の「『果園雑詠百首』に寄せて」をテーマの中心にしていますこと、今後ともよろしくお願い致します。

今回もお世話になりました花乱社の別府大悟氏、宇野道子さんには、お忙しい中を足を運んで下さり、また、まとまりのない事々を整理して下さいました。大変ありがとうございました。

他の多くの方々のご協力をいただき、まとめることができました。息子二人にもよく動いてもらいました。大変助かりました。

藤井悦子

令和三年三月五日

藤井悦子（ふじい・えつこ）
1942年，福岡県築上郡上毛町に生まれる。1960年，大分県立中津南高等学校卒業。1980年，くろつち短歌会入会。会誌『藍』に作品発表。著書に『豊前国三十三観音札所めぐり――歴史と心の旅路』（花乱社，2014年）がある。福岡県豊前市在住。

幕末《ばくまつ》小《こ》倉藩《くらはん》、流離《りゅうり》の歌人《かじん》
佐《さ》久《く》間《ま》種《たね》と立《たち》枝《え》子《こ》のうた

❖

2023年4月5日　第1刷発行

❖

著　者　藤井悦子

発行者　別府大悟

発行所　合同会社花乱社
〒810-0001　福岡市中央区天神 5-5-8-5D
電話 092(781)7550　FAX 092(781)7555
http://www.karansha.com

印刷・製本　株式会社富士印刷社

ISBN978-4-910038-74-2

京築の文学群像

城戸淳一著

多彩な思潮と文学作品を生み出してきた京築《けいちく》地域。江戸後期の村上仏山から，末松謙澄，吉田学軒，杉山貞，堺利彦，葉山嘉樹，火野葦平，松本清張ら21名の文学者を取り上げ，その文学的人脈と文献を紹介する。

▷四六判／328ページ／上製／本体2000円

村上仏山と水哉園　新発見資料と郷土の文献

城戸淳一著

村上仏山《ぶつざん》は旧豊前国出身の漢詩人・教育者。私塾水哉園《すいさいえん》は全国的にも知られ門弟三千人を超え，末松謙澄，吉田健作・学軒ら優れた人材を輩出した。新発見資料からその事蹟と交流を辿り，併せて関係文献を総覧する。

▷四六判／286ページ／上製／本体2000円

北九州・京築・田川の城　戦国史を歩く

中村修身著

旧豊前国の範囲を中心に主要な城を紹介しつつ，戦国史の面白さへと導く，かつてない歴史探訪の書。資料を駆使した解説に加え最新の縄張図を掲載。斬新な登城案内。

▷Ａ５判／176ページ／並製／本体1800円

葉山嘉樹・真実を語る文学

楜沢 健 他著／三人の会編

小林多喜二と並ぶプロレタリア作家であり，世界文学へとつながる不思議な文学を紡ぎ出した葉山嘉樹。その現代性に焦点を当てた講演他，主要な作家論・作品論を集成。

▷Ａ５判／184ページ／並製／本体1600円

山頭火のあっかんべー

吉田正孝著

一夜，夢枕に山頭火が立った。盛んに手招きする。追いつこうと必死で歩くのだが，いつまでたっても追いつけない。こちらの息使いが荒くなる。山頭火が言う。「ここまでおいで」。生誕140年，山頭火行脚の記録。

▷四六判／280ページ／並製／本体1700円

野村望東尼　ひとすじの道をまもらば

谷川佳枝子著

高杉晋作，平野国臣ら若き志士たちと共に幕末動乱を駆け抜けた歌人望東尼。無名の民の声を掬い上げる慈母であり，国の行く末を憂えた“志女”の波乱に満ちた生涯。

▷Ａ５判／368ページ／上製／本体3200円／２刷